ルール・ブルー

異形の祓い屋と魔を喰う殺し屋

根占桐守

24019

角川ビーンズ文庫

CONTENTS

きさらぎ　あお
如月朝緒
学業の傍ら
祓い屋家業に励む
男子高校生。
妖狐の血を引く半異形
かりや　おうま
假屋逢魔
柊連合に所属する
「狂犬」と呼ばれる
異形殺し（謹慎中）

ルール・ブルー

異形の祓い屋と魔を喰う殺し屋

CHARACTERS

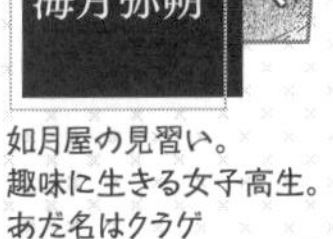

如月雨音（きさらぎあまね）
如月屋の現店主。
朝緒の義兄

海月弥朔（うみつきみさく）
如月屋の見習い。
趣味に生きる女子高生。
あだ名はクラゲ

落神 桃（おちがみもも）
魔性の色男。
如月屋の従業員であり、
異形殺しでもある

赭土（しゃど）
土蜘蛛の異形。
八束脛国（やつかはぎのくに）の国主

川堀 飛（かわほりとび）
温和な青年異形殺し。
今回の依頼人

如月 閃（きさらぎせん）
如月屋顧問。
放浪癖のある朝緒の義父

KEYWORDS

【異形】

妖怪、鬼、精霊など、人ならざる者たちの総称。

【祓い屋】（はらいや）
現世での異形に関する悩み事を解決する民間の相談所。

【異形殺し】

国立の害悪異形討伐組織柊連合（がいあくいぎょうとうばつそしきひいらぎれんごう）（通称：柊連（ひいらぎれん））に所属する隊士。

害悪異形を殺す権限を持つ。

本文イラスト／秋月壱葉

「プロローグ」

遍く生きとし生けるものの全て。
そのそれぞれが、違う血の色をしていればいいのに。人も、獣も、神も——そして、人ならざる者共も。

空は、烈火のごとく燃えている。足元には、人ならざる者共——〝異形〟たちの血の海が広がっていた。夕焼けの赤と、殺した異形共の血が溶け合って、空と大地の境界線すらもわからなくなる。

血の海の中心で、たったひとり。沈みゆく赤い太陽をぼうっと見ているスーツの男は、ぽつりとそんなことを考えていた。

「あ、うあ……あああああ！」

「こ、こんなの……か、怪物だ……」

血の海の中で嘔吐し、腰を抜かしていた〝異形殺し〟の同僚たちの悲鳴で、男はようやく我に返った。

血に塗れた同僚たちを、返り血の一つも浴びていない男は振り返る。色素の薄い灰色の眼に、夕焼けと血の色が濃く映り込んで、真っ赤な眼光がきらめいた。

その赤い視線にすらも怯えきった同僚たちは、バシャバシャと音をたてて這いつくばり、男から逃げ出した。男は、突如襲われた同僚たちを守り、敵である異形共をたった一人で全て殺し尽くした、人間であるはずだというのに。

「流石。この世が焼け爛れる〝逢魔が時〟には敵無し、か」

ふと、笑いを含んだ低い男の声が横から飛んでくる。声のする方に視線だけを動かして見ると、レンズに淡いカラーが入った丸眼鏡を掛けた男が、血の海の外に佇んでいた。

眼鏡の男は、もとから赤みがかった黒髪についた寝癖を、片手で気だるげに撫でつけている。

「とうとう、暴れすぎて謹慎くらったんだって？　今逃げていった奴らが、その遣いか」

眼鏡の男は、喉の奥でくつくつと軽薄に笑いながら、摘まんだ煙草の煙をふかした。

「なあ、おまえ。ウチに来いよ」

男は己のネクタイを長い指で緩め、怪訝な顔で眼鏡の男へと眉をひそめて見せる。夕焼けの濃い光を反射する眼鏡の男の眼は、レンズが赤に染まりきっていて、窺えない。

「如月屋――異形どもと盟を結び、共存を目指す。世にも珍しい馬鹿が集う、祓い屋。それがウチだ」

煙草を深く吸い込み、煙と共に吐き出す眼鏡の男の言葉に、男は灰と赤が混ざった目を細めた。

「死ぬほどムカつくだろ？　おまえ。だから、来いよ」

男は、しばらく沈黙を置く。そして、眼鏡の男に背を向けて歩き出しながら、口を開いた。

男の返事を聞いた眼鏡の男は、ニイっと妖しく口角を吊り上げ、小さく笑い声を零す。そのまま、男のどこかがらんとした背中を、如何にも面白そうな様子で見送った。

「歓迎する――狂犬の殺し屋殿」

第一章　最悪の出逢い

恐ろしいほど静かに建ち並ぶ廃墟ビルの群れ。陽の光も遮られたその隙間に、未だ冷たい春風が鋭く吹き込んできて、埃っぽいそこを歩く、少年の珍しいプラチナブロンドの短髪を強く撫でた。

空よりも濃く、海よりも淡い。鮮やかな青色の眼をした少年は、ただでさえ鋭い目つきを更に険しくして、眉間に皺を寄せる。

「……やっぱ、臭ぇ。甘ったる過ぎて鼻が曲がる」

少年――如月朝緒は、片手で鼻を覆って苛立ちのままに、前を歩く男へ苦言を呈する。

「桃。お前、仕事前までどこに居やがった」

「あー。俺を泊めて食べさせてくれる、やさしくて親切な人のとこ」

「桃」と呼ばれた人並み外れた長身の男の名は、落神桃。その顔だけで勝手に三食が差し出され、寝床と人肌が自ら群がってくるような。まさに〝魔性〟という言葉を全身で体現したかのような、端整な顔に似つかわしくない屈強な体格を持つ、赤みがかった黒髪の男。

桃は、淡いカラーレンズの丸眼鏡の奥にある、泣きぼくろが三つ散った眼を妖しく細めて、朝緒を振り返った。

「そういやあの人、香水好きだったな」

朝緒は桃の言葉に、心底呆れた顔をして小さく息を吐くと、早足で桃を追い越してゆく。

「また愛人のところかよ……このクズのヒモ男」

「だーから、愛人じゃねぇって。つーか、愛人の意味わかって言ってる？　もうすぐ高校二年生のマセガキ朝緒くん」

朝緒はいつものように桃の挑発を無視すると、仕事の目的地を目指し、しばらく桃より先を歩く。しかし、ふと足を止めた。そのまま近くの物陰に素早く身を隠して、己の腰に提げている二本の刀の内、一本の柄へと手を掛ける。

朝緒のすぐ後ろへと回って、同じように身を隠した桃が、僅かに身を屈めて短く尋ねた。

「どした」

「……におう」

「香水。そんなにハマったんなら、貰ってこようか？」

「違ぇわ！　お前と同じ、屑野郎の匂い」

朝緒は桃に小声で返しながら、そろりと物陰の向こうを覗く。すると、少し先にある向かい側の廃墟ビルの裏口に、人影が出入りしているのが微かに見て取れた。

「異形……何人もの妖たちの妖気を、あそこから感じる。あれが、依頼人の言っていた

〝異形市〟の現場で間違いなさそうだな」

　異形市。それは〝異形〟と呼ばれる、妖怪や鬼、精霊といった人ならざる者たちが、人間の間で売買されるような秘匿違法行為が行われる場を指す。

　本来異形とは、人間を脅かす恐るべき脅威と認識されているが、ごく一部の力の弱い異形たちは無法者共によって攫われて、悪徳な人間に飼われることもある。

　異形に関する問題や悩み事を解決することを仕事としている〝祓い屋〟の朝緒と桃は、依頼人から仕事を受け、異形市への潜入のためにこの廃墟ビル群を訪れていたのだった。

　桃も、人影が行き交う廃墟ビルの裏口を見つけたのか、朝緒の肩を軽く小突いた。

「もう見つけちまったか。相変わらず、鼻がよく利く。朝緒、グッボーイ」

「犬扱いすんじゃねぇ、バカ。それより、さっさと潜入の準備だ。段取りは忘れてねぇだろうな？」

　半眼で視線を寄越した朝緒に、桃は小首を傾げて見せる。

「俺が売人役。で、朝緒が異形市に出される商品役だろ？　わーかってるって。にしても、俺みたいな善良そうな人間が、怪しい売人に見られるかね」

「お前ほど怪しい男はいねぇだろうが」

　朝緒は軽口を叩いている桃から視線を外し、青い瞳を閉じると、深く静かに息を吸い込んだ。呼吸と共に、みるみるうちに朝緒の鼻筋、頬、目尻、額へと青色の紋様が浮かび上がってくる。まるで〝狐面〟のような顔となった朝緒は、桃を横目で一瞥して顎を振って見せる。桃はそれに頷くと、朝緒から三歩ほど後退って距離を置いた。

桃が離れたのを確認して、朝緒はくるりと身軽に宙返りをした。すると、宙を舞う朝緒の姿が徐々に変容し――その身体は美しい金毛に包まれ、鮮やかな青色の瞳は更に大きく、爛々ときらめく。そうして地に足が着いた時には、狼ほどの大きさをした金毛青目の〝狐〟の姿へと変化していた。

「何度見ても飽きないな、朝緒の変化は。さっきまでは、妖気なんぞ微塵も感じねぇただの人間だったってのに。今はどう見ても妖狐だ。流石は滅多にお目にかかれない半異形」

半異形とは、所謂人間と異形、両者の血を引く子を指す。桃の言う通り、朝緒は人間だけでなく、古より大妖怪として数々の伝説を残す異形――〝妖狐〟の血も引く、半異形だった。

目を細めて、感心したように朝緒をじっくり見下ろす桃。朝緒はそんな桃の足を、己のふかふかな一本だけの尻尾で強く叩く。

「無駄口叩いてないで、さっさと首輪をつけろ」

「おー。ずいぶん大胆なプレイをご所望で？」

「ぶん殴るぞ！」

「冗談。冗談だって。あとただでさえデカい声で吠えるな。奴らにバレるぞ」

毛を逆立てる朝緒を宥めながら、桃は事前に持ってきていた首輪を朝緒の首に巻いて、それについている鎖をリードのように持った。

妖狐となった朝緒を連れ立って、ようやく異形市の現場へと歩き出した桃は、思いがけずといったように片手で口を押さえて小さく噴き出す。

「これ、やっぱ……犬の散歩」

「いい加減、そのふざけた顔面に噛みつかれてぇか……？」

「勘弁。俺の衣食住を支える命綱に、物騒なこと言うなよ」

牙を剝き出しにして、喉奥で唸る朝緒にも構わず、桃は目的の廃墟ビルの裏口へと歩みを進めた。裏口前には、人相の悪い男が一人立っている。桃は恐ろしいほど端整な顔に人好きのする笑みを貼り付け、男へと気さくに話しかけた。

「どうも。あんたがここの市の窓口か？」

「……紹介状は」

男は警戒した様子で桃を睨み上げながら、しわがれた声で尋ねる。

「ああ、それ。この通り」

桃はポケットから一枚の硬貨を取り出し、それを親指で弾いて男へと投げて渡した。

「異形の灰でできたコイン。模様もここ、二条の異形市の印だろ？」

「異形の灰でできた」という言葉に、桃の背後にいた朝緒は並々ならぬ嫌悪を感じて、無意識に低い唸りを上げる。

硬貨を丹念に調べた男は一つ頷いて、硬貨を懐にしまうと、桃へと顎を振って見せた。

「確かに。じゃあ、商品を見せてみろ」

桃は手に持つ鎖を僅かに揺らして、朝緒に前へ来るよう促す。朝緒は静かに進み出て、男を鋭い眼で見上げた。男は凛々しい金毛の妖狐を見下ろし、ほうと息を吐く。

「妖狐……毛の色も珍しい。まあ、悪くねぇ品だ」

「おっと。ちなみにこいつはただの妖狐じゃあねぇよ？　なんと、半異形の妖狐だ」

「……何だって？」

桃の言葉に、男は明らかに目の色を変えた。男はしばらくじっと妖狐を観察していたが、疑うような視線で再び桃を見上げる。

「半異形といやぁ、普通の異形の何十倍も高い値が付く。目玉商品だ。だが、俺にはこの妖狐、ただの異形にしか見えねぇが」

「だろうな。こいつは妖狐の化け術の力が強いのか、完璧に人間と異形のどちらにも成れる。腕のある異形殺しや祓い屋でも、そうそう見分けがつかないくらいだ」

桃がニヤリと妖しく口角を上げる。横目でそれを見上げていた朝緒は、あまりにも様になっている桃の胡散臭い売人姿に、密かに小さく息を吐いた。

男は唸るように桃へと尋ねる。

「その、証拠は？」

「こいつの変化を見ればいい。しかしまあ、ここで披露するのはちょっとな――市の中に入れてくれるんなら、人目につかず助かるんだが？」

　桃がこれ見よがしに小首を傾げて見せる。男は一つ間を置くと、鼻を鳴らして背後にある裏口の扉を開けた。

「いいだろう。ついてこい」

「お目が高い」

　桃と朝緒は男に促され、裏口の扉の向こう側へと入る。入ってすぐそこには、幾枚もの呪符によって正方形型に展開された漆黒の結界術が張られていた。

（攫われてきた異形たちの檻か）

　朝緒は妖狐の鋭い嗅覚によって、その中から何人もの異形の妖気を感じ取る。ふと、背後で裏口の扉が閉じられる音が重く響いた。廃墟の中も薄暗くなる。

「よし。じゃあ、さっそく見せてもら……」

「はい、ご苦労さん。節穴野郎」

　ミシッ！　と骨が軋む音が確かに聞こえる。言葉を遮られ、桃の強烈な膝蹴りを鳩尾にくらった男は、白目を剥いて倒れた。一方朝緒は、桃と男を振り返ることもなく宙返りをして人間の姿へと戻ると、桃に着けられた首輪を外しながら結界術の檻に駆け寄った。

「雨音特製の解法の呪符。これさえあれば」

朝緒は懐から兄が作った一枚の呪符を取り出し、正方形型の結界に貼り付ける。

「解」

朝緒が片手で印を結んでよく通る声を短く発すると、貼り付けた呪符は白い光と共に弾け、結界術を展開していた何枚もの呪符が燃えて塵となる。すると、漆黒の結界は一瞬で消え失せ、異形たちが怯えた様子で身を寄せ合っている姿が露わになった。

朝緒は異形たちに手を差し伸べ、いつもより幾分も柔らかな声をかける。

「俺たちは〝如月屋〟という祓い屋だ。あんたたちを保護するために来た。怪我はない……」

「うわあ！　近寄るな、人間！」

差し伸べた手は強く振り払われ、言葉すらも遮られた。ひどく怯えた異形たちは、朝緒にも強い警戒心と恐怖を剥き出しにして、ひたすらに拒絶する。朝緒は目を丸くして、振り払われた手もそのままに、立ち尽くした。

異形市に囚われた異形は、当然人間を警戒して拒絶する。あらかじめ想定していたことだったはずなのに、朝緒の胸の内は重く沈んだ。朝緒は動揺を、唇を噛んで誤魔化す。

「い、嫌だ、人間……来るな！　来るなあ！」

「人間どもめ……なんておぞましい。恐ろしい……」

一瞬、自分が半異形であることを明かせば、彼らは安心してくれるだろうかという考えが朝緒の頭に過ったが、すぐにそれは悪手だと悟った。

『気持ちが悪い。……半異形など、産まれてはならない怪物だ』

幼い頃、人間にも異形にも、己が半異形だと明かした時に返ってきた言葉が蘇る。

半異形は、古より相容れることのなかった異形と人間の間に生まれてしまった、禁忌の子とされている。世の理から外れた存在であり、人間と異形、どちらからも〝怪物〟と見なされてしまう。それを怯える異形たちを見て生々しく思い出した朝緒は、思わず顔を顰めて目を逸らし、異形たちから一歩離れた。

「おい、異形ども。この場で死にたくなければ、裏口からさっさと外に出ろ」

異形に拒絶され、明らかに本調子ではなくなった朝緒の後ろで、桃が小さく鼻から息を漏らす。そして、開け放った裏口の扉を親指で指し示し、顎を振った。異形たちはしばらく顔を見合わせていたが、怯えつつも皆立ち上がって、朝緒と桃を避けて逃げるように外へと出て行った。それを見届けた朝緒は、複雑な心境ながらもほっと息を吐く。

桃は異形たちが全員外に出たのを確認して、扉を閉めた。

「この異形市は既に、柊連の〝異形殺し〟に通報してある」

異形殺しとは、国立の対異形防衛組織である〝害悪異形討伐組織柊連合〟――通称〝柊連〟に属する隊士を指す。所謂、異形に関する犯罪等を取り締まる警察のような存在でもあるが、異形殺しはその名の通り「人間に害を為す害悪異形」を殺すことが唯一国から許された、軍人に近しい存在でもあった。

一方、朝緒たち〝祓い屋〟は異形を殺すことは国から認められていない。一般的に祓い屋はあくまで非政府組織の扱いで、異形に関係する呪いや厄介事を〝祓う〟ことを仕事としていた。

といっても、朝緒たちが属する祓い屋組織〝如月屋〟は異形市に潜入し、異形を保護する仕事を請け負っている時点で、一般的な祓い屋からも大きくかけ離れてはいるが。

「だが、あの異形どもは外にさえ出しとけば、異形殺しに見つかる前に雨音とクラゲたちが何とかするだろ」

朝緒の隣へと桃が並ぶ。朝緒は桃を一瞥して、小さく頷いた。

「んで。存外傷ついちゃって泣きそうな朝緒くん。次の現場には行けそうか？」

桃が揶揄い混じりに、顔色の悪い朝緒へとそう声を掛けた。性格の悪い桃のことだ。明らかに、落ち込んだ朝緒を煽ってきている。

朝緒は沈んだ気持ちを奮い立たせようと強気に鼻を鳴らして、桃を鋭く睨み上げた。

「傷ついてもねぇし、俺は泣かねぇ。行くに決まってんだろ。仕事を途中で放り出せるか」

平気を装う朝緒に、桃は意地の悪い顔で低く笑う。

「プロ意識がお高いことで。んじゃ、次は異形市の競り場だな」

「ああ。確か上の階だって話だ。行くぞ」

朝緒と桃はすぐに階段を見つけると、上階にある異形市の競り場を目指して駆け出した。

朝緒と桃は、廃墟の四階まで上がってきていた。

しかし、異形市の競りが行われる場にしては、妙に警備が手薄でひと気もない。実際、四階に来るまで他の階も一通り探索したが、異形市の仲買人たちの一人すら見かけなかった。朝緒は四階のフロアにつながる扉の前まで辿り着いて、訝しむ。

「……どうにも、様子が変だ。ここまで仲買人がいねぇとは……俺はもっと、競り場に着くまでに無法者共の相手で骨が折れるもんだと思ってた」

朝緒の疑問に、桃はどこか楽しげに笑いを零した。

「そりゃあ、おまえ。仲買人どもは全員集まってんだろ、競り場に」

どこか確信めいた言葉に、朝緒は眉根を寄せて桃を振り返る。

「どういうことだ?」

「競り場で、何かしら騒ぎが起きてるってこと。そのおかげで、下の控え商品の警備は手薄になったうえ、その他の場所にも競り場の騒ぎに釣られて人員が割けてねぇんだ——直前になったが、囮役に〝新人〟を呼んどいて良かった。ずいぶん手間が省けた」

「新人」という言葉に朝緒は目を見開く。そういえば、桃の推薦で近々、〝如月屋〟に新しい従業員が入るという話を少し前に聞いていた。桃の言う「新人」とは、おそらくそのことだろう。

どこか得意げな桃に「新人がこの仕事に関わっているなど聞いていない」と文句を言おうと口を開きかけたところで、扉の向こうから聞こえてきた銃声によって遮られる。

桃は、今まで浮かべていた軽薄な笑みを収めて目を細めると、朝緒の前へと出てきて四階フロアへと続く扉の取っ手に手を掛けた。

「……急いだほうがいい。じゃねぇと、下手したら手遅れになる」

桃の硬い声に、朝緒も険しい顔をして頷く。

「ああ。異形市の無法者共が暴れてんだろ。事前に聞かされてないのが気に食わねぇが、新人一人には荷が重い。早く、新人のもとへ」

「いや、手遅れになるのは新人以外の方な」

桃の不可解な言葉に「ああ？」と首を傾げる朝緒。桃はそんな朝緒を振り返ると、珍しく神妙な顔をして朝緒へと静かに言いつけた。

「朝緒。おまえ、新人の前では何があっても妖狐には変化するな。競りに出されてる異形どもに何があろうが、絶対にやめとけ」

「はあ？　何でだよ。異形たちにもしものことがあるなら、俺は」

「そん時は俺が出る。だから、とにかくおまえは変化だけはやめろ。いいな？」

有無を言わせないような、桃の滅多に見せない鋭い一瞥を受けて、朝緒は渋々ながらも頷く。それを見た桃は打って変わって「よし。じゃ、行くぞ」と、またころりといつもの軽薄な笑みを浮かべ、目の前の扉から四階フロアへするりと大きな身体を難なく忍び込ませた。朝緒もそれに続き、扉の向こうへと素早く身を滑り込ませる。

扉が閉まるのと同時に、また銃声が遠くから鳴り響いた。朝緒は眉間の皺を更に深くして、先に入った桃の方を見やる。しかし、桃は既に廊下の遥か向こうへと走り去っていた。

「あのバカ……！　単独行動は厳禁だって、いつも言ってんだろ！」

朝緒は短く息を吐くと、遠い桃の背中を追いかける。廊下を走り抜けながら、朝緒は四階フロアは映画館になっていることに気が付く。銃声も近づいてきているため、おそらく、このどこかのスクリーンがある大部屋が競り場となっているのだろう。

そんなことを考えていると、桃が「ＳＣＲＥＥＮ４」と書かれた大部屋の中に入っていく姿がすぐそこまで迫っていた。朝緒も扉が派手に破壊されている大部屋の前までくると、腰に差した刀の柄に手を添え、先にいる桃に声をかけながら中へと入る。

「おい、桃。何やってる」

「怪物観察」

朝緒の問いに返ってきたのは、またもや不可解な言葉。既に大部屋の中にいる桃は、競りに出されている異形たちを見て、そんなことを言ったのだろうか。朝緒は、相変わらず人でなしな桃の発言に呆れて、悪態を吐く。

「こんな時にまでふざけやがって……ろくでなしの性悪野郎が」

朝緒は短い階段を早足で駆け上がった。

「な……」

大部屋全体を見渡すように立っている桃の隣に来て、朝緒は言葉を失った。

一方桃は如何にも楽しそうに、ひゅうと口笛を吹いて、呑気に大部屋全体へぐるりと視線を巡らせる。

「やっぱ、とんでもねぇ新人だな。あの狂犬は」

競り場に集まっていたと思われる、三十人近くの仲買人や買い手の無法者共は、座席のあちこちに力なく散らばって伸されていた。相当激しい乱闘があったのだろう。所々、壁や座席は破壊されている。

しかし、倒れた無法者共の中心に、たった一人。誰かが、静かに立っていた。

肩下辺りまで伸びた艶やかな黒髪に、スーツの後ろ姿。朝緒と同じくらいの身長と体格からして、おそらく男だろう。両手には二挺拳銃が握られている。

(あいつが、例の新人か……?)

朝緒はその恐ろしく凪いだ背中に、何故だか途轍もない嫌な予感を覚えた。

スーツの男は、真っ直ぐにスクリーンの方を凝視している。そこには、競りに出されていた数人の異形たちが、凍り付いたように蒼ざめて固まっていた。だが、そのうちの一人の異形の女が震えながらも意を決した様子で立ち上がり、男へと歩み寄って、話しかける。

「……そ、そこを退いて私たちを通せ、人間。でなければ、お前を殺す」

ゆらり。男の右腕が微かに揺れる。男から漏れ出る殺気を感じ取った朝緒は、反射的に駆け出していた。

バン。銃声が轟き、異形たちは悲鳴を上げてその場に蹲る。咄嗟に男の背後から体当たりをした朝緒によって僅かに弾道が逸れ、異形の女に向けられた銃弾はスクリーンだけを貫いていた。

（こいつ、対話を求めてきた丸腰の相手に、銃を……！）

男の行動に信じられない思いをしながらも、朝緒は異形の女に短く怒鳴った。

「こいつに近寄んな！　逃げろ！」

異形の女は悲鳴を上げて、再びスクリーンの方へと転がるように走って戻ってゆく。

男は朝緒の体当たりを受けてもなお、身体自体は一切動かず、腕が少しぶれただけで。変わらず片手で銃を異形に向けていた。

「おい、てめぇ！　いい加減にしねぇか！　怯えてる丸腰の連中相手に、いったい何考えてやがる⁉」

そのまま背後から男を拘束しようと素早く腕を伸ばすが、逆に男によって右腕を取られてしまった。併せて、ひどく冷たく、無機質な声がするりと耳に入る。

「うるさい。邪魔」

男は朝緒の腕を背負うように、恐ろしく強い力で引っ張った。

「は……」

朝緒が声を上げる間もなく、一本背負いの形で床に叩きつけられると。続けざまに腹へ猛烈な蹴りが入って、朝緒は異形たちのもとまで吹き飛ばされた。

「が……っは……！」

朝緒は咄嗟に腕で蹴りを受け止めて、直撃を避けた。しかし、吹き飛ばされた拍子に背中を壁で強打し、数秒息が詰まって、身体を丸めて激しくむせる。全身の骨が軋み、嘔吐く朝緒の身体は微かに震えてしまう。

そんな中でも朝緒は、確かに感じていた。あのスーツの男が音も無く、こちらに近づいてくる気配を。

「う、うぅ……あ……」

倒れ込んでいる朝緒の視線の先。少し離れた場所に一人、鼠の尻尾に、顔に灰色の紋様が浮かんでいる人間の姿に近い異形の子どもが震えながら固まっていた。おそらく、妖気からして朝緒と同じ半異形の子どもであろう。

「ごほっ……っか、は……ク、ソが……！　お前ら、もっと遠くに、逃げ」

朝緒が這いつくばりながらも、今にも泣き出しそうな半異形の子どもや、他の異形たちに掠れた声を絞り出したのと同時に。目が回りそうなほどの勢いで胸倉を掴み上げられ、下腹部を片足の革靴で踏みつけられる。

焦点が合った視線のすぐ先には――〝怪物〟がいた。

チリリ。

怪物の右耳にある二連の銀色ピアスがぶつかり合って、涼やかに鳴く。

一瞬、女とも見紛うほどの美丈夫だった。伸ばされた、艶のある濡羽色の髪。線の細い輪郭に、凛々しくも儚げで、朝霧が揺蕩うような美しさを纏った顔立ち。

しかし、朝緒にはそれが怪物にしか見えなかった。冷え切った灰色の眼からは呼吸さえ許さないと言わんばかりの研ぎ澄まされた殺意の切っ先が剝き出しになっており、全身が粟立った。朝緒をずたずたに切り裂いてくる。

人間らしさなど、微塵も感じ取れない。こんなおぞましい殺気を放つ生き物に、朝緒は遭遇したことなどない。だからこそ、紛れもない〝怪物〟だと本能的に察知したのだった。

カチャリ。

強烈な殺気に呑まれて息さえできずにいる朝緒の額に、銃口が突きつけられた。怪物は、無機質な声で朝緒に宣告する。

「眠れ」

銃声と共に、視界が真っ白に染まる——が、朝緒のすぐそばで、聞き慣れた低音の男の声が小さく笑う。その低い笑い声が鼓膜を打った瞬間、意識が飛びかけた朝緒の視界に、色が戻った。

「退け、狂犬。こいつは〝如月屋の人間〟だ」

そこには、朝緒に突きつけられていた銃口を片手で逸らし、怪物のスーツの胸倉を逆手で掴んで、朝緒から押しのけている桃の姿があった。

怪物は桃の手を振り払おうとするが、逆手であろうと桃の大きな手は微動だにせず、怪物のネクタイごと胸倉を締め上げる力を更に強くした。

「落神」

怪物が、涼しげに目を細めて桃を呼ぶ。

「……そこにいる異形共は、ぼくに攻撃する意思があった。つまり、害悪異形。殺していい？」

「駄目。そいつらは今回の仕事の保護対象。それに今のおまえは〝異形殺し〟だけじゃなく、〝祓い屋〟でもあるだろうが。一人でも殺してみろ。如月屋の店の名に傷がついて、おまえウチの店長に地の果てまで追っかけられ、爺さんになるまで封印されるぞ？」

桃の言葉に怪物はしばらく沈黙を置くが、人形の如き無表情のまま一つ瞬きをすると、銃をスーツの下にあるホルスターへとしまう。そこでようやく桃も、胸倉を掴んでいた手を離して、怪物を解放する。そのまま怪物は、朝緒と桃に背を向けた。

「まあ、いい。いつかは全部、殺すから」

淡々と言い残して、怪物はその場を後にした。

朝緒は遠ざかってゆく怪物の背中を茫然と見つめていたが、不意に、あの怪物から向けられた強烈な殺意と、生々しい〝死〟の感覚を思い出して。大きく身体を震わせながら、胃の内容物を全てぶちまけた。

「ごほ、ごほっ！　おぇ……っは、は、は……う、あ！」

自分はたった今、死んでいたも同然だった。

未だに、あの怪物に植え付けられた、大きく深い恐怖が拭い去れない。全身の血の気が引いて、冷水を頭から被ったかのように酷く寒い。恐ろしくて、怖くて、死にたくなくて。呼吸の仕方さえ忘れてしまったようだった。

地に頭を擦りつけて、震えながら恐怖に苦しみ悶えている朝緒の背中を、桃がゆっくりと擦る。

「悪い、朝緒。あいつの殺気は尋常じゃなかったな。……息をすることだけ考えろ。ゆっくりでいい」

桃の手の動きに合わせて、朝緒は何とか呼吸の仕方を思い出してゆく。

朧げな意識の中。桃が小さく呟いた言葉が、脳裏に焼き付いて離れなかった。

「異形を恐れる人間、人間を恐れる異形。そんで、あの狂犬を見てると。やっぱ恐怖の対象とは、どうやっても共存できないもんなのかもな」

桃のその言葉は、否定したかった。いつもの朝緒なら絶対に否定しただろう。しかし、今の朝緒にはどうしても否定できなかった。なぜなら、あまりにも強大すぎる恐怖に呑まれた朝緒は、心底思い知ったからだ。

桃に「狂犬」と呼ばれていたあの〝怪物〟。あんな恐ろしい怪物のそばで生きてゆくことなど、到底できやしないのだと。

異形市で売買されていた異形は無事、全員保護することができた。

異形市潜入の仕事を終えた朝緒は現在、如月屋の事務所兼、実家でもある如月家の屋敷に帰ってきている。桃は別働隊で動いていた他の如月屋従業員たちを迎えに行っていた。

仕事現場で些か体調を崩してしまったので、一人だけ帰還の指示を受けた朝緒であったが、既に身体はいつもの調子に戻っている。しかし、未だに朝緒の脳裏にはあの〝怪物〟の異様な殺気がこびりついて、離れなかった。

「おい！　ニンゲン！」

如月家の台所でぼーっと立ち尽くしていた朝緒は、ふと背後から飛んできた子どもの甲高い声にはっとする。どうやら洗い物の最中に、ぼんやりしていたらしい。脳裏にこびりついた怪物の影を振り払うように頭を振ると、手を止めて首だけで背後を振り向く。

「その呼び方やめろって言ったろ。俺は朝緒だ。……で、なんだ？」

「この屋敷、広すぎる！　外に出られない！　おれを閉じ込めて、またおれをどこかに売り飛ばす気だな⁉　ここから、出せ！」

「ダメだ。半異形のお前は、色んな奴らに狙われ過ぎる。引き取り手が来るまで、大人しくしてろ。あと、もうお前をどこかに売り飛ばす事なんざ、俺たちがさせねぇよ」

朝緒は再び視線を手元にある洗い物に戻す。子どもは、どこか疑うような眼で黙り込むと、鼠の尾で床を叩いた。

その子どもは、朝緒たちが潜入した異形市で保護した〝旧鼠〟と呼ばれる妖怪の半異形だった。加えて肉親も産まれた時からいないという子どもには帰る場所もなく、半異形という稀有な存在を一人にしておくのも危険が多いので、一時的に如月屋で預かることとなって、今に至る。

洗い物を終えた朝緒は、食器棚から子ども用の可愛らしい椀を取り出し、少し前から冷ましていた鍋の中から卵粥をお玉で椀に注ぐ。まだ白い湯気が立ち上ってくるそれに、切り刻んだ葱を少々盛り付けると、小さな匙と共にテーブルの上に置いた。

「よし。おい、腹減ってねぇか？　食べてみろ、美味いから」

朝緒はエプロンを外しながら、部屋の隅で縮こまっている半異形の子どもへと声を掛ける。子どもは卵粥の匂いにそそられて小さく腹を鳴らすが、すぐに腹を押さえて、そっぽを向いた。

「た、たべない！　ニンゲンが作ったものなんて、信じられない……誰も、信じない！　それにおれは、一人で生きていくんだ！　誰のホドコシも、受けないぞ！」

朝緒は小皿に移した卵粥を一口味見して「毒は入ってねぇぞ」と言いながら、子どものもとまで歩み寄って、視線を合わせるように身を屈める。

「見ろ。俺はお前と同じ、半異形だ」

朝緒の顔に、狐面の紋様が浮かび上がる。顔に浮き上がる紋様は、半異形の特徴の一つだ。子どもの顔にも、鼠の髭のような灰色の紋様がある。

朝緒の狐面の紋様を目にした子どもは、大きな目を更に大きく見開いた。

「それに、俺も親の顔を知らねぇ。まあ、俺の場合は赤ん坊の頃に拾われて、人間の爺に育てられたから、そういうところはお前とは違う。……だが、お前の気持ちも、少しはわかるつもりだ。異形でも人間でもねぇ、醜いバケモノだなんだと言われる俺たちには、信じられるものが少ねぇよな」

朝緒の言葉に、子どもは小さな手をぎゅっと白くなるまで握って、俯きながら唇を噛む。

ひどく心細そうな子どもの華奢な肩に朝緒はそっと手を置いて、真っ直ぐ見つめた。

「誰も信じられない。逃げて、隠して、疑いながら生きていくしかない……それでも、これだけは忘れるな。俺は絶対に、お前の味方だ」

「……え？」

不安に揺らいでいた子どもの視線が、朝緒を恐る恐る見上げた。朝緒はその視線に、不敵な笑みで応える。

「何かあっても、何もなくても。いつでもウチに来い。俺を頼れ。その代わり、将来お前がデカくなった時にでも、借りを返せよ？」

きっとそんな言葉をかけられたのは初めてだったのだろう。朝緒の言葉にひどく驚いたように固まってしまった子どもの姿に、幼少期の自分の姿が重なる。

それは、幼い朝緒が人間にも異形にも「怪物」と罵られ、自身が半異形であることを呪っていた頃。朝緒を拾った〝父〟がかけてくれた言葉だった。

不敵な物言いのくせに、何故か強く心を揺さぶって熱くさせる。ひたすらに信じたくなるような言葉。誰かを信じてもいいのだと、半異形として生まれてしまった自分を、赦していいのだと。そう思わせてくれる言葉――子どもは声を上げて、泣きじゃくった。

子どもは鼻をすってしゃくり上げながらも、朝緒に何度も頷いて見せる。朝緒はそんな子どもの涙と鼻水に濡れた顔を丁寧に手拭いで拭って、肩を軽く叩いてやると立ち上がり、テーブルの椅子を引いた。

「食うか？」

「……くう」

「おう。ゆっくり腹に入れろ」

子どもは目を擦りながら、とてとてと駆け寄って来て椅子に座る。そして、覚束ない匙の持ち方で、朝緒が作った卵粥を小さく口にした。

「……！　うまい！」

「当然。おかわりもある。腹いっぱい食え」

子どもは目を輝かせて、卵粥を息を吹いて冷ましながら、美味しそうに頬張ってゆく。その様子をしばらく満足げに眺めていた朝緒だったが、ふと、廊下につながる扉が二度ノックされた。

「そのまま食べてろ」

朝緒は、食事に夢中になっている子どもに軽く声を掛けると、扉を少し開けてその間からするりと廊下へ抜け出した。

扉の前には、桃と一人の少女がいた。朝緒は桃と少女へ微かに目を見開いて見せる。

「もう帰って来てたのか。クラゲ、桃」

「うん。桃さんたちと一緒に、たった今ね。お待たせ、朝緒」

朝緒に「クラゲ」と呼ばれた少女の名は、海月弥朔。腰まで届く滑らかな鶯茶の長い髪を一束の三つ編みにした、涼しげで美しい面立ちの弥朔は、朝緒の一つ年下の祓い屋見習いである。

弥朔は朝緒の背後で微かに開いている台所の扉に目を向けながら、小さく尋ねた。

「半異形の子は、落ち着いた？　雨音先生と桃さんは、朝緒一人に任せておけば大丈夫だって言ってたけど……」

「ああ。心配いらねぇ。今は大人しく飯食ってるとこだ」

朝緒の答えに、桃はニヤリと笑みを浮かべた。

「な？　言っただろ、クラゲ。しかも、半異形の胃袋まで掴んじまうとは。朝緒の料理上手もここまでくると末恐ろしいな」

「……そうですね。桃さん」

弥朔は桃に頷きながら、長い睫毛に縁どられた目を伏せて、小さく鼻から息を漏らす。

桃は「それはそうと」と目を瞬かせ、朝緒の背後に向かって顎を振って見せた。

「すげー腹減ってんだけど。朝緒、俺の飯は？」

「……」

朝緒は桃の発言に半眼になりながらも、長い溜め息を吐いて台所へ戻る。そして、戸棚からまだ開封していない食パンの袋を丸ごと取り出し、こちらを不思議そうに振り返った半異形の子どもに頷いて見せた。

「飯、ゆっくり食ってろ。俺が戻るまで台所からは出ないように。いいな？」

「……うん。わかった！」

匙を持ったまま、大きく首を縦に振って見せた子どもに、小さく笑みを零す。そして、朝緒は台所の扉を後ろ手に閉め、廊下で待っていた桃の眼前に食パンの袋を突き出した。

「それで我慢しろ、暴食ヒモ野郎。んで、桃のバカはともかく」

「色々とひでぇなあ……まあ、有り難くいただきますが」

食パンを受け取って、さっそくパンの耳を齧りながら苦笑する桃をよそに、朝緒は弥朔を連れ立って廊下を歩き出した。

「悪いな、クラゲ。お前は俺を呼びに来てくれたんだろ」

「ううん、大丈夫。そう、とりあえず居間に行こう。如月屋に新しく入った、新人の方を紹介したいって。雨音先生が呼んでる」

「新人」という言葉に、朝緒は僅かに肩を揺らす。その様子に桃が目を細めるが、朝緒は険しい顔で黙り込むしかなかった。朝緒の顔色が変わったことにすぐ気付き、心配そうにする弥朔に桃が目配せをする。

「そういやクラゲ。今度の同人誌はどんなのなんだ？　俺、結構楽しみにしてんだが」

朝緒と弥朔の後ろから掛けられた桃の言葉に、弥朔は目を光らせる。

り始めた。

クールな見た目からは思いもよらない、喜びと興奮の入り混じった声で、弥朔は熱く語
「……ふふ。次の作品も力作ですよ、桃さん。なんせ、モデルはアオ×モモですから！　タイトルも〝青い果実〟って言って、お気に入りなん」

「はあ⁉　ちょっと待て。何考えてんだ、このアホクラゲ！」

得意げに語られる聞き捨てならない言葉を、朝緒は脊髄反射の勢いで遮った。

「何だそのふざけたカップリングは⁉　この間まで自分と桃をモデルにした、ノーマルカプにするとか言ってただろうが！」

たまったものではないと目を剝く朝緒。普段の弥朔に強く影響されたゆえか、言葉の端々が既に何かに毒されているが、そんなことは今の朝緒にはどうでもよかった。すっかりいつもの調子に戻った朝緒にほっと小さく息を吐いた弥朔は、真顔で朝緒の肩を叩いた。

「桃さんモデルの夢絵もいいけど……最近はアオ×モモがあたしの中でキテるの。できあがった暁には、もちろん如月屋の皆に献本するから。楽しみにしててて？」

「断じてやめろ！　俺は死んでも目に入れねぇ！」

「んな恥ずかしがるなって、朝緒。ちゃんと俺も一緒に読んでやるから。な？」

「そうだよ朝緒。あくまでモデルなんだから。モデル」

「黙れ！　……ああ、もういい！　俺は先に行くぞ！」

朝緒は逃げるように廊下の先へと駆け出し、歩く二人を置き去って居間へと向かった。

「……ありがとうございます、桃さん。朝緒、少しは元気になってくれたみたいで、良かった」

「ああ。あいつは犬みてぇに吠えてる方が面白い」

桃と弥朔は互いに顔を見合わせて小さく笑うと、変わらず長い廊下をゆっくりと歩く。

「そういや、クラゲ。俺と朝緒だと、俺が右になるんだな？」

「はい！　あたしの個人的な解釈ではアオ×モモですね、やっぱり。揺るぎなく」

「揺るぎなくか」

「揺るぎません。……あ。あと、あの綺麗な新人さんも気になりますね。他の如月屋の皆さんとのノーマルカプ妄想も捗るので。どんな方か楽しみです！」

「あ～……あいつ、男だぞ」

桃の訂正に、弥朔は驚いたように目を見開いた。

「わ、そうだったんですか。あんまり綺麗な人だったたから、てっきり」

「ま、気持ちはわからなくもねぇ。それに、あいつはキレーな面してるが」

桃の丸眼鏡が光を反射して、その奥にある泣きぼくろの散った瞳が見えなくなる。

「正真正銘の狂犬――俺とおんなじ、クソみてぇな怪物だ」

居間には如月屋の面々――計五名が長方形型のテーブルに並んで座していた。

上座に座るのは、濃色の着流しを身に纏った、切れ長の双眸にどこか白蛇を思わせる印象を持つ男。その名を如月雨音。如月屋の店主であり、無論血の繋がりは一切ない義兄弟ではあるが、雨音は年の離れた朝緒の面倒を幼い頃からよく見てくれた、紛れもない朝緒の兄でもあった。

雨音は最後に居間へと入ってきた桃が座したのを見届けると、如月屋の面々それぞれに視線を投げかけながら、静かに労いの言葉をかけた。

「皆、今回の仕事もご苦労だった。囚われていた異形たちは一名を除いて、皆依頼人と共に故郷へ帰すことができた。異形市を開いていた無法者共も、全て〝柊連〟に引き渡している。今回の報酬は後日、それぞれの口座に振り込んでおくので確認するように」

雨音の報告に、各々が頷く。雨音は一つ間を置くと、自分の左前、すぐそばで人形の如く無表情で座しているスーツの男へと視線を向けた。

「そして、紹介が遅れたが。急遽今回より、如月屋に新たな従業員が加わった。彼は假屋逢魔。柊連の異形殺しが本職だが、ウチでも共に仕事をしてもらう」

　あの〝怪物〟の名は「假屋逢魔」というらしい。しかも、よりにもよって現役の〝異形殺し〟だ。逢魔の紹介を聞いた朝緒は、ますます表情を険しくさせる。

「逢魔、これからはよろしく頼む」

「……」

　逢魔は雨音の呼び掛けに応えることはなく、一度瞬きをしただけで、変わらず黙って座している。

（如月屋の方針を誰よりも重んじてる雨音でも、あんな野郎を受け入れるのか……？）

　逢魔を再び前にして、微かに震える手を誤魔化すように強く拳を握りしめ、朝緒は雨音に疑問を呈した。

「そこの異形殺しについては、聞きたいことが山ほどある。まず、ウチの方針に沿えるのかって話だ。如月屋は、〝異形との共存〟を目指す祓い屋——だが、こいつはさっきの異形市の現場で、異形たちを保護するどころか殺そうとしやがった！　そんな野郎、どう考えてもウチには合わねぇだろ⁉」

　徐々に声を荒らげていった朝緒は、最後にテーブルに拳を強く叩きつける。

「……それは本当か？　逢魔」

　朝緒の言葉を聴いた雨音は、鋭い眼をさらに細めて逢魔を見る。そこで逢魔はようやく、固く閉ざしていた口を開いた。

「ぼくは異形殺しだ。今は人間に危害を加えようとする害悪異形しか殺せないが――いつか必ず、全ての異形を殺し尽くす。そう決めている。だから、祓い屋の仕事だろうと、人間に敵意を向けた異形は害悪異形と見なして殺すまでだ」

逢魔はやはり無機質な声で、淡々と語る。その美しくも恐ろしく無感情な横顔を朝緒は唖然とした顔で見つめていたが、すぐにかっと目を吊り上げて立ち上がり、逢魔を厳しい視線で見下ろした。

「なんだとてめぇ……!? 全ての異形を殺し尽くすだの、ふざけたことを！」

怒鳴り散らす朝緒を、雨音が片手を上げて制する。

雨音は微かに鼻から息を漏らして、逢魔に首を振って見せた。

「逢魔。お前の異形殺しとしての思想は否定せん。だが、お前もこれから祓い屋としてウチで働くというのなら、異形に手を出すのはご法度だ。ウチのルールは厳守。如月屋の看板の信を落とされては困る」

「そんなもの知らない。ぼくは何よりも、害悪異形を殺すことを優先する」

「そうか……まったく。いつか俺が、お前を封印することにならなければいいが」

雨音が軽く頭を抱える。逢魔はひどく頑なだった。

きっと逢魔のことは一生かかっても、一欠片も理解することなどできないに違いない。

今の朝緒には、逢魔が得体の知れない生き物のようにしか見えなかった。

「あ、あの……」

不意に、廊下から子どものか細い声が聞こえた。朝緒は弾かれたように右後ろを振り向く。そこには、僅かに開けた障子の隙間からこちらを覗き見る、半異形の子どもがいた。

「ご、ごめん。出てきちゃって……でも、ア、アオの大きな声が聞こえたから、気になって……だいじょうぶか……？」

朝緒が瞬きをした一瞬。目を開けた時には、既に半異形の子どもの前に、逢魔が立っていた。朝緒は、ぶわっと総毛立つ感覚に襲われる。

「人間の気と、妖の妖気が混じってる……きみ、半異形か」

「あ……お、おれたちを殺そうとした……！　お、おれに近寄るな！　ニンゲン！」

異形市で、逢魔が自分たちに向かって銃を撃ったことを思い出したのだろう。子どもが威嚇するように、小さな拳を逢魔に振り上げて見せた。同時に逢魔は、子どもの額に銃口を押し付ける。

「少しでも異形の血が流れているのなら――殺す」

ドン、と。重い銃声が落ちる。

しかし、子どもに逢魔の凶弾が当たることはなかった。子どもは床に伏しており、その上には咄嗟に駆けつけた朝緒が覆いかぶさっている。朝緒は、はっ、はっ、と短い呼吸を肩で繰り返しながらも、すぐに上体を起こして、逢魔を激しい剣幕で睨み上げた。

「何しやがるてめぇ！」

逢魔は無表情のまま小さく首を傾げる。

「その子はぼくに敵意を向け、攻撃しようとした。つまり害悪異形。だから殺す。それだけ」

「ふざけんじゃねぇぞ！　こいつは、何の罪もないただの子どもだ！　それを害悪異形だと……？　んなわけねぇだろうが！」

「子どもだろうが、何であろうが関係ない。異形は殺すべき存在——特に半異形はあらゆる秩序を乱す、禁忌の存在だ。柊連でも殺すことが推奨されている」

朝緒は大きく目を見開いて歯を食いしばり、怒りで震える。激しい怒りのあまり、プラチナブロンドの髪も揺らめいて逆立った。

「てめぇがやろうとしてることは、無差別殺人だ！　この殺人鬼が！」

朝緒が今にも噛み殺す勢いで、逢魔の胸倉に掴みかかる。だが、すぐに二人は引き離された。

「おいおい、殺し合いでもおっぱじめる気か？　どうどう、鎮まれ野蛮人ども」

朝緒を羽交い締めにして引きはがしたのは桃。そして、逢魔の方は全身を無数の呪符で縛られ、極め付きには口にまで三重の呪符が貼り付けてある。そこへ片手で印を結び、ぶつぶつと封印術のまじない詞を唱える雨音が歩み寄ってきた。

「……こうも好き勝手されるのは見過ごせん。逢魔、このままではお前が捜している異形の情報も手に入らんぞ？」

　封印された逢魔は灰色の眼を細めて、強い視線を雨音に寄越す。それを受けた雨音は、呆れたように小さく息を吐いた。

「まさか、さっそく封印することになるとはな……弥朔、半異形の子を部屋まで送り届けるのを頼む。そして桃、この馬鹿者を罰としてしばらく物置部屋へ放りこんでおけ」

「は……はい。わかりました、雨音先生」

「へいへい」

　弥朔は気を失ってしまった半異形の子どもを。桃は呪符で縛られた逢魔を担いで、それぞれ居間を後にした。

　まだ怒りの収まらない朝緒は、荒々しい呼吸を繰り返しながら雨音を睨みつける。

「見ただろ……あの狂犬野郎は、絶対に如月屋とは相容れねぇ。今すぐやめさせるべきだ！」

「いいや、逢魔には引き続き如月屋で働いてもらう。あの男は、確かに厄介だが……これは、如月屋顧問の親父殿の指示でもある」

「な……あの放浪爺の指示だと⁉」

雨音は懐から一枚の書状を取り出し、狼狽えている朝緒へと手渡す。朝緒は、見慣れた達筆な文字で記された短い文を、目で追った。

『假屋逢魔を、如月屋の一員として迎える。また、假屋逢魔の監視兼補佐役として、如月朝緒を任命する。――如月閃』

如月閃。それは、半異形である朝緒を拾い育てた、朝緒の養父にあたる男の名であった。また、雨音の父にもあたる。

如月屋顧問である閃は現在、如月屋を長く留守にしている。閃は放浪癖が酷く、何年も連絡すら寄越さず、全国各地を風の如く流浪しているのであった。

信じられないと、何度も書状を読み返す朝緒だが、徐々に血の気が引いていく。ようやく書状から顔を上げた朝緒は、震える声で怒鳴った。

「何考えてやがる、あの放浪爺……！　よりにもよって、俺が。あんな異形殺しの狂犬クソ野郎と組めるわけねぇだろ⁉」

「……気持ちはわかるが落ち着け、朝緒。俺たちもサポートする。それに、〝異形との共存〟を目指す俺たちが、異形どころか人間相手と相容れることができずに、どうする」

「……！」

雨音の正論に朝緒は唇を噛んで押し黙る。

雨音は動揺を隠すことができない朝緒の肩を軽く叩くと、その手から書状を抜き取り、静かに語った。

「桃と弥朔、逢魔には伝えていたが、お前にはまだだったな——さっそくだが、次の仕事が入ってきた。依頼(いらい)人は、柊連(ひいらぎれん)の異形殺し。初回の顔合わせは、俺と逢魔、そしてお前で担当する。いいな？」

雨音からの問いに、しばらく朝緒は深く考え込む。

異形市で出逢(であ)った時から、もう二度と関(かか)わりたくもないと思っていた怪物(かいぶつ)——逢魔と、まさかこれから共に仕事をすることになるなど、思いもよらなかった。

（もし、俺の正体があいつにバレたら……）

先ほど危(あや)うく殺されかけていた、半異形の子どもの姿が脳裏(のうり)に過(よぎ)る。

今すぐにでも、逢魔との仕事から降りたい。逢魔に近づきたくもない。しかし、みすみす逢魔を目の届かぬ所へと放置していたら、自分以外の誰(だれ)かが危険な目に遭(あ)い、殺されるのではないか。

しかも、今回逢魔を朝緒に任せてきたのは、他(ほか)ならぬ養父の閃である。——滅多(めった)に連絡すら寄越さない閃から任された仕事なら、絶対に引き受けたいとも思った。

そこまで考え至ってようやく、朝緒は長く息を漏(も)らすと、片手で乱暴に自分の髪を掻(か)き乱しながら、雨音へと頷(うなず)いたのだった。

「……やる。何かあった時は、俺があの狂犬野郎をぶん殴(なぐ)る」

「はあ!?　あの狂犬ドブカス野郎が、柊連の〝五天将〟!?」

「あれ。朝緒、おまえそんなことも知らなかった？　つーか、假屋に辛辣過ぎて笑う」

如月屋に新人従業員の假屋逢魔が加入してから数日経ち。

今日は先日、雨音が話していた「新しい仕事」の依頼人との初めての顔合わせの日だが、予定の時刻よりまだ時間があるため、朝緒は庭で布団を干していた。如月家の家事は兄の雨音と分担してやっているが、如月屋の店主である雨音は忙しいことも多いので、そのような時は率先して朝緒が多く家事をこなしていた。それに元来、朝緒は家事をすることが嫌いじゃない。

いつもの如く家事をてきぱきと捌いていた朝緒は、屋敷の縁側で茶菓子を摘まみながら胡坐をかく桃がふと零した発言に、驚愕した声を上げて振り返った。

「〝五天将〟といえば……柊連の最高戦力。最強の五人の異形殺しのことだろ……？」

朝緒の問いに、桃が長い指で摘まんだ湯呑みを傾けて、茶を啜りながら答える。

「ん。しかも假屋は、大昔から異形殺しを多く輩出してきた名門旧家の出自じゃねぇ。九州のド田舎出身、どこぞの馬の骨とも知れねぇ野郎が彗星の如く現れて、柊連入隊から間もなく五天将まで昇りつめちまった。近年の柊連じゃ一番注目されてる出世頭だな。ま、その分異形だけじゃなく人間にも敵が多いが」

「……そんなとんでもねぇ野郎が、なんでこんな所でぶらついてやがる！」

桃が言うには、如月屋の新人、逢魔は現役の柊連最強の異形殺しの一人、五天将であるらしい。それを聞いた朝緒は、険しい顔で桃へと問い詰める。近頃の朝緒は、監視対象である逢魔がとる単独行動の数々に振り回されており、逢魔の話となると頭に血が上りやすいのだ。

「ああ。假屋の馬鹿、他のヤツの仕事を喰っちまうくらい、害悪異形を殺しまくったらしくてな。しかも、柊連の上の連中の指令まで無視する始末で、とうとう五天将でありながら謹慎くらったんだ。謹慎つっても、仕事を回してもらえなくなった程度らしいが……っふ。何度聞いても笑える話だと思わねぇ？」

口元に片手を添えて笑いを堪えている桃に、朝緒が更に詰め寄る。

「永遠に謹慎くらってりゃいいんだ、あのクソ野郎は！　……で、何がどうなって柊連で謹慎くらったバカが、ウチで祓い屋の仕事することになってんだよ！」

「そりゃあ、おまえ。俺が勧誘したからな。ウチに来いって」

「あ……？」

朝緒から地を這うような低い声が漏れる。それにも構わず、桃は面白可笑しそうに話を続けた。

「いやー、あいつ滅多にあの無表情崩れねぇからさ。存在そのものがムカつくだろうウチに来たら、イラついてる顔でも拝めるかと思って……今でも楽しみにしてんだよ。雨音はちょいと渋ってたが、閃の爺さんは即答で良しと受け入れたもんだから、案外楽で助かった──おっと？」

静かに桃のもとへと歩いてきた朝緒は、桃の胸倉を掴み上げ、おもむろに拳を振り上げる。桃はズレた丸眼鏡もそのままに、小さく笑いを零した。

「……いっぺんぶん殴られろ、桃。そしてあの放浪爺は次帰って来た時に殴る！」

「乱暴。まあ、そう怖がんなって朝緒。おまえが半異形だってのは、俺でも言われねぇと気が付かなかったんだ。現にクラゲや、あの異形に敏感な假屋すらも気付いてねぇだろ？おまえの妖狐の化け術は尋常じゃなく強い。そうそうバレやしねぇよ」

小声で囁いた桃に、自分の一番大きな不安を見透かされていることがわかって、朝緒は顔を顰めた。

「……」

黙り込んで桃の胸倉から手を離すと、そのまま背を向ける。

現在、如月屋で朝緒が半異形だと知るのは雨音と閃、そして昔から如月家に入り浸っている桃の三人だけだ。半異形は、人間にも異形にも命を脅かされる危険性がある。そんな危険を回避し、または危険に誰も巻き込まないために。朝緒が半異形である事実は、現在はなるべく秘密にしている。しかし、朝緒は弥朔にまで秘密にしていることに、密かに罪悪感を覚えていた。

まだ祓い屋見習いの弥朔を危険から遠ざけるためとはいえ、隠し事を貫き通すのは気が重い。まるで嘘をついているような気がして、朝緒は隠し事というものが好きではなかった。

蘇った罪悪感を振り払うように頭を振ると、腕時計を見て、再び桃を振り返る。

「そろそろ、依頼人との顔合わせだ。いってくる」

「おー。いってこい。俺はしばらくここで昼寝だな」

だらしない桃の発言に溜め息を吐きながら、朝緒は半眼で桃を見下ろす。

「お前……これから柊連で仕事あるとか言ってなかったか？　五天将候補だろ、一応」

「いーんだよ。俺、柊連好きじゃねぇし。五天将にも一生なるつもりねぇから」

桃も随分と昔から、逢魔と同じく祓い屋を兼業する異形殺しであった。そのうえ、次期五天将に最も近いと名高く、史上最年少で五天将候補に選ばれるほどの天才異形殺しである。逢魔を如月屋の新人にと紹介してきた頃の口ぶりからして、逢魔とは友人関係でもあるようだった。

呑気に煎餅を食べている桃は、あの怪物の如き逢魔と同じ異形殺しには到底見えない。

だが、その確かな実力を知る朝緒は、ぽつりと独り言のように呟いた。

「桃と、あの狂犬野郎。どっちが強いんだろうな」

煎餅を大きな口で食べ終えた桃は、ニイッといつものように妖しく口角を吊り上げて、確信めいた笑みを浮かべると、泣きぼくろの散った目を細める。

「ばーか。俺のが強いに決まってる。当然のことを聞くな、朝緒」

朝緒は桃の言葉に大きく目を見開いた。そして、思いがけず呆れも混じった声で小さく噴き出して、再び桃に背を向ける。

「バカはお前だ、ぐうたらヒモ男。何もすることがねぇなら、干した布団、中に入れとけ」

「えー、まじか」

嫌そうな声を上げる桃にも構わず、朝緒はもうすぐ訪ねてくる依頼人を迎えるため、屋敷の正面入り口へと向かった。


屋敷の応接間にて。朝緒は台所から持ってきたお茶を依頼人に差し出すと、ソファーに座る雨音の隣へと腰掛ける。逢魔は一人、椅子にも座らず扉の近くで静かに佇んでいた。

（あいつ……いつ見ても、気持ち悪いほど無表情すぎる）

朝緒は逢魔という監視対象を改めて観察してみたが、眉の一つも動かさない人形のような逢魔の横顔に思わず苦々しく肩を竦めて、視線を依頼人の方に戻した。

「改めまして。私は如月屋店主の如月雨音と申します。今日はわざわざご足労いただき、恐縮です。川堀さん」

「……い、いえ、こちらこそ。お茶まで出していただいて、ありがとうございます」

依頼人の名は、川堀飛。人懐っこそうな笑みが眩しい、精悍な顔つきの年若い青年。おそらく、年は朝緒と近い。

川堀は軽く会釈した雨音に同じく会釈を返しながらも、どこか落ち着きのない様子できょろきょろと視線を泳がせている。それにすぐ気が付いたのか、雨音はいつもの仏頂面を僅かに崩して川堀に尋ねた。

「何か、気になることでも？」

「あ、えーっと……駄目だ。すみません、つかぬことをお聞きしますが……そこにいらっしゃるのは、柊連五天将の假屋逢魔さんでは……？」

そういえば、川堀は柊連の異形殺しだという話を雨音から聞いていた。ならば、同じ異形殺しであり、五天将である逢魔の顔を知っていてもおかしくはない。

（桃が言ってた通りか……信じ難ぇ）

逢魔に憧憬の目を輝かせる川堀。それを見て、やはりあの殺し屋のような逢魔が英雄的存在であったことを思い知った朝緒は、内心でぼやく。

雨音は黙ったままの逢魔を促すように視線を寄越す。それを受けた逢魔は、小さく息を吐きながらも川堀へと答えた。

「そうだけど」

「や、やっぱりですか！　すごい……！　五天将の人なんて、俺みたいな平隊士にとって雲の上の存在ですから！　お話しできて光栄です！　……それにしても、なぜ五天将の假屋さんが、こちらの如月屋さんに」

「ぼくのことはどうでもいい。早く依頼の話に移ってくれる？」

冷めた逢魔の声に遮られて、川堀は固まってしまう。朝緒は、視線だけを動かして逢魔を睨みつける。そこで、険悪な空気を見かねた雨音が一つ咳払いをして、話に割って入った。

「逢魔は今休養中でして。そんな中でも縁あって、ウチの手伝いをしてくれているのですよ。――それでは、本題に入りましょう。川堀さんのご依頼は〝巨大異形の捜索〟とのことですが。こちらを詳しくお聞かせいただいても？」

「ああ！　なるほど、そうなんですね。……それにしても、いきなり失礼しました。では、さっそく今回の依頼についてお話しさせていただきます」

川堀は苦笑を零しながらも、丁寧に依頼内容について語ってくれた。

「近頃、この〝現世〟にある幽世門周辺に突如姿を現すようになった巨大異形たちを捜し出し、〝幽世〟に帰すのを一か月の間、如月屋さんにお手伝いしてほしいんです」

この世界は、二つの世界にわかたれている——或いは、二つの世界が微かに混じり合って、一つの世界と成っていると云われている。

〝現世〟とは、主に実体の存在が濃い人間や動植物の世界を指し。〝幽世〟とは、主に実体の存在が薄い、妖や精霊に霊植物といった異形の世界であり異界のことを指す。

現世に異形が現れることは珍しいことではない。だが、その多くが人間に敵意を持っており、柊連によって「害悪異形」と認定されるのだ。そういった、人間の生命を脅かす害悪異形を殺すことが、柊連の異形殺しの仕事である。

そのため、異形殺しである川堀が、わざわざその巨大異形とやらを幽世に帰そうとする意図が朝緒には見えなかった。

怪訝に思った朝緒の顔を見て察したのだろう。川堀は朝緒に、眉を下げて笑みを見せる。

「俺は柊連の異形殺しの中でも、凄く数が少ない穏健派の思想持ちです。なので、なるべく異形とは争いたくなくて。現世に隠れて棲む異形も少しはいますが、今回現れた〝巨大異形〟たちは、どうにも様子がおかしいんです」

朝緒は異形と争いたくないと言う川堀に、思いがけず驚愕して目を見開く。異形に対して、自分と近しい考えを持つ異形殺しとは、そうそう会ったことがなかったからだ。

「巨大異形たちは〝幽世門〟周辺に現れ、一時姿を隠したかと思えば、時にひとりでに暴れ出したりと……行動の予測がつかず、どこか怯えているように思えます。しかし、その巨大異形たちは何故か頑なに〝幽世門〟周辺に留まっているので、まだ人間に危害を加えていないことは確かです。……ですので、彼らが幽世門周辺から抜け出して、人間と遭遇する前に。彼らが異様な行動をとる訳を突き止め、秘密裏にできるだけ全ての巨大異形たちを幽世へ帰したいと、俺は思っています」

〝巨大異形〟──おそらく、川堀の話からして、通常の異形よりも遥かに大きな身体を持つ異形たちなのだろう。朝緒はそんな異形には会ったことがなかったので、純粋にどんな異形なのかが気になり、川堀の話に夢中で聞き入っていた。川堀の依頼を受ければ、その巨大異形という未知の異形たちにも会えるかもしれない。

「近年は、異形殺しの殉職率も高くなっていますし。異常な様子の巨大異形と争いとなってしまうと、確実に通常の異形が相手の時よりも甚大な被害が出るでしょう。なので、なるべく異形と人間、両者の犠牲を避けるためにも。無駄な争いを避けたいんです……人間だけでなく、異形からの依頼も引き受けるほど。祓い屋の中でも唯一異形との関係が密接な、如月屋さんにしか頼めない依頼です。どうか、引き受けてはもらえないでしょうか」

川堀は深々と頭を下げた。朝緒は即座に「引き受けるべきだ」という強い視線を隣にいる雨音に向けるが、それを予期していたかのように雨音は小さく苦笑して頷いて見せる。

「もちろん、喜んでお引き受けさせていただきます。川堀さん」

「ああ……良かった！　本当にありがとうございます！」

川堀は嬉しそうに何度も頭を下げて見せる。

頭を下げ合う雨音と川堀を横に、ちらりと視線だけを動かし、朝緒は扉の傍に立つ逢魔を密かに窺う。

（……あいつ、ほとんど黙ったままだったな。同じ異形殺しでも、川堀さんとは正反対の思想のくせに）

朝緒は終始、柊連でも穏健派であるという川堀の「異形と争いたくない」という思想に、逢魔が何かしでかすんじゃないかと肝を冷やしていた。しかし、気に入らない者にはすぐ手を出して食って掛かりそうな狂犬の逢魔は、拍子抜けするほど大人しくしており、朝緒は内心意外に思う。

そうして、逢魔は特に問題を引き起こすこともなく、初回の顔合わせが終了した。

現世と幽世の境目は、互いの世界の陰陽の気が濁流のように混じり合うためか、どこも非常に奇妙な環境となる。例えば、周辺に群生している樹木が高層ビルほどの大きさまで巨大化したり。水中を泳ぐはずの魚が、風の流れに乗って彷徨っていたり。虫たちの身体が色とりどりの光を放って、まるで星空が大地に降りてきたかのような光景になったり。

　このような場所のほとんどには、境目の印となる巨大な〝鳥居〟が建造されている。この鳥居こそが〝幽世門〟と呼ばれるものであった。

　川堀の依頼を受けた如月屋はまず二手に分かれて、各自仕事を遂行することになる。一つは、最近川堀が〝巨大異形〟を目撃したという、現世と幽世の境界である〝幽世門〟周辺を捜索する朝緒と逢魔、川堀の現地捜索組。そして、更に〝巨大異形〟に関する他の目撃情報等を収集する雨音、弥朔、桃の二組に分かれ、行動することとなった。

　川堀との初顔合わせの翌日。朝緒たち現地捜索組一行は、その幽世門の一つへと訪れていた。

「いやあ……ここのは何度も見てるはずなんだけど。いつ見ても幽世門は幻想的で、本当に綺麗だ……！」

　川堀が、目の前に広がる光景に感嘆の声を上げる。その隣に並ぶ朝緒も、息を呑んで幽世門を見上げた。

　目の前には、高層ビル程の高さを誇る巨樹が聳え立っている。その巨樹の太い幹の中にできた洞に、巨大な鳥居——幽世門が呑まれていた。あの門をくぐった先に、異形たちの世界である幽世があるのだ。

霧がかかった幽世門周辺の、この世のものとは思えない光景に見入っている朝緒に、川堀が楽しそうに話しかけてくる。

「朝緒くんは、幽世には行ったことある？」

「あ……いや、俺は一度も。川堀さんは」

「飛でいいよ！　俺、今年で十九で、もうすぐ高校二年生の朝緒くんとは、歳が近いし。仲良くしたいからさ。堅苦しいのはナシで！」

気さくで明るい川堀に、朝緒は小さく笑って頷く。

「……わかった、ありがとう。じゃあ、飛は幽世に行ったことがあるのか？」

「実は一度だけある！　……といっても、柊連の任務の最中にちょっと覗き見したくらいなんだけど。でも、少しの間覗いただけでもわかった……幽世はここよりも、もっと凄い景色で！　まるで異世界にいるみたいだった……！」

「実際、幽世は異世界そのものだろ」

「あ、確かに」

異形に対する考え方が近いおかげか、すぐに打ち解け合った朝緒と川堀。そんな二人に、ここまで来るのにずっと黙っていた逢魔が口を開いた。

「無駄話は終わった？　川堀、と――きみ、何だっけ」

逢魔は無表情で首を傾げながら朝緒を見る。

（こいつ……！　俺は眼中にもねぇってことか⁉）

朝緒は額に青筋を浮かべ、今にも怒鳴り散らしそうになるのを堪えながらも、顔を引き攣らせて逢魔を振り返った。

「……朝緒」

「アオ。特にきみは死にそうだから、もっと気を引き締めた方がいいよ」

逢魔は涼しい顔でそう言うと、朝緒たちを置いて先を歩き出す。朝緒は逢魔の言葉に更に眉間の皺を深くしたが、黙って遠くなった逢魔の背中を追った。監視役であるからには、逢魔から目を離すわけにはいかない。川堀も慌てて朝緒に続く。

「假屋さん、厳しいな……柊連でも、気難しい人柄って噂程度に聞いてたけど」

「あいつは異形を見つけ次第、屁理屈つけて殺しにかかる可能性が高ぇから要注意だ。なるべく先に俺たちで見つけるぞ」

しばらく幽世門周辺を探索していた三人であったが、ふと、最後尾を歩いていた川堀が立ち止まってその場に屈みこむ。それに気が付いた朝緒も、すぐに足を止めた。

「おい、てめぇ！　ちょっとそこで待ってろ！」

朝緒は前方を歩く逢魔の背中に声を掛けた後、川堀へと駆け寄る。

「飛？　どうした」

「あ、うん。ちょっと、これ見て」

川堀が近くにあった茂みを掻き分けて見せる。朝緒も川堀に倣ってその場に屈みこむと、茂みの中を覗き込んで、目を見開いた。

「……こりゃあ、異形の血か？」

茂みの中には、既に濃い赤茶色へと変色した血痕があった。古い血痕なので妖気などは感じられないが、それが異形の血だと察した朝緒は眉をひそめて川堀を見る。川堀は、朝緒の視線に強く頷いた。

「たぶんね。近くに、傷ついた異形がいたのかも……もしかしたら、俺たちが捜してる巨大異形かもしれない」

「ああ。じゃあここら辺が怪しいか。あいつにも知らせねぇと……って」

二人は立ち上がって、辺りを見回す。そして、互いの顔を見合わせて首を捻った。

「あ、あれ……？　假屋さん、さっきまでそこにいたのに」

「……いねぇな」

少しだけ目を離した隙に、逢魔の姿が見えなくなってしまった。朝緒と川堀は、急いで逢魔の姿を捜し回るが一向に見つからない。

「やっぱり假屋さん、いないね。まあ、假屋さんは天下の五天将だから、単独行動でも大丈夫だと思うけど……」

「あの狂犬クソ野郎……！　いつまでも好き勝手やりやがって！」

朝緒は髪を片手で掻き乱し、苛立って声を荒らげる。一方、川堀はそんな朝緒を宥めるように、控えめな声で尋ねてきた。

「そういえば、朝緒くんってあの名門如月家の本家の人だよね。やっぱり、如月流の祓いの御業を会得してるの？」

祓いの御業。それは、人間の体内に潜在的に秘められている能力〝祓いの力〟を引き出し、異形に立ち向かうために技と成したものである。異形殺しや祓い屋は、祓いの力を用いた祓いの御業を使う者も少なくない。

如月家はかつて、古くから名うての異形殺しや祓い屋を多く輩出した名門旧家であったが、近年は全く弟子を取っていないため、今はほとんど如月流の使い手はいない。朝緒は、数少ない如月流の後継者の一人であったのだ。

朝緒は川堀の問いに、一瞬身体を固まらせたが、何やらバツの悪そうな顔をして川堀を振り返る。

「……御業の会得は、してる。ガキの頃からジジ……親父と兄貴から徹底的に叩きこまれたからな。だが……」

そこで、朝緒は唐突に口を噤み、大きく目を見開いた。川堀の背後にある黒い雑木林を凝視する朝緒に、川堀も立ち止まって首を傾げて見せる。

「あれ。どうかした？　朝緒くん」

「……痛いくらいに、荒ぶってる妖気を感じる」

目を凝らすと、雑木林の中で大きな何かが蠢いているのが確かに見えた。朝緒は確信をもって呟く。

「異形だ」

朝緒の呟きと共に、雑木林の木々が轟音を立てて弾け飛んだ。穴の開いた雑木林の中からは、十メートルほどの長さをした巨大な百足の妖が飛び出してくる。それを目にした川堀は、腰に提げている刀の柄に手を伸ばしながら朝緒に叫ぶ。

「あれだ！　俺が見かけた巨大異形は！」

「あいつは、大百足……？　にしちゃあ、デカすぎる。普通の大百足は一、二メートルくらいだろ」

朝緒は訝しむが、その間にも大百足は朝緒と川堀に向かって突進してくる。二人は突進してきた大百足を、それぞれ左右に転がって咄嗟に避けた。

(何だ、あの大百足……巨大化してる上に、我を失ってんのか？　妖気も無駄に膨れ上がって安定してねぇ)

朝緒は明らかに様子がおかしい大百足を、起き上がりざまに目を細めて更に観察した。すると、ぼんやりと大百足の身体のあちこちに〝蛇の目〟のような模様がいくつも浮かび上がっているのに気が付く。

（……どうにも妙だ。とにかく話ができるか試してぇ。暴走気味の異形は、害悪異形認定されちまう。だが、幸い今はあの狂犬野郎もいねぇ。あいつに見つかる、その前に）

朝緒は左腕の袖を素早く捲り上げる。露わになった朝緒の腕には、いくつもの小さな鈴がついた組紐が巻かれていた。

「まずは、鎮める」

リン、リン、リン、と。朝緒が三度鈴を鳴らす。すると、大百足が朝緒の方に頭を向けた。大百足はのたうち回るように身体を震わせながら、ゆっくりと朝緒に迫ってゆく。朝緒は大百足をギリギリまで引き付けて、軽く両手を掲げた。

「如月流祓魔術――序式〝鬼嚇し〟」

カン！

朝緒の柏手が、まるで拍子木の如く高らかに鳴り響いた。その音を受けた大百足は、ビタリと身体の震えと動きが止まる。すると、静かに地へと崩れ落ちた。

朝緒が放った祓いの御業は、大気中にある微かな祓いの力を鈴の音を用いて集結させて柏手の音と共に放ち、少しの間、異形の五感をくるわせる珍しい技だ。それが完全に大百足へと効いたと見た朝緒は、小さく息を吐いて大百足へと歩み寄る。ところが、大百足を挟んで反対側にいた川堀が、腰に差していた刀を抜き去って、朝緒に制止の声を大きく上げた。

「駄目だ……！　止まれ、朝緒くん！」

川堀の叫びは、つんざく絶叫を上げて跳ねるように再び起き上がった大百足によって遮られる。大百足は長い尾を突風が巻き起こる勢いで振るい、近くにいた朝緒を薙ぎ払う。朝緒は尾がぶち当たる直前に、帯刀している二本の内の一本の刀を抜いて、大百足の攻撃を受け止めた。

「がっ……ああ！」

しかし、力で押し負けた。朝緒は大百足の尾に吹っ飛ばされ、地面を転がる。全身を打ち付けた衝撃と痛みに悶えながらも、すぐさま朝緒は身体を起こした――が、眼前には既に、大百足の鋭い尾の先が迫っている。

「三笘流祓魔術――破式〝竹根蛇の流〟」

朝緒の前に川堀が立ちふさがり、大百足の尾による刺突を、鞭のようにしなやかに振るった祓いの御業で相殺した。それでも大百足の刺突の衝撃を受け止めきれず、川堀は地に膝をつく。

ついには、大百足の大口が迫ってきた。朝緒は刀を地面に突き立てて立ち上がると、前に出ている川堀を庇おうと無心で腕を伸ばす。

「人間にあだなす異形は――」

不意に、場違いなほど無機質な声が、するりと耳を撫でる。

朝緒と川堀の前にはいつの間にか、スーツの後ろ姿――逢魔の背中があった。

「全て、ぼくが殺す」

逢魔は己の眼前にまで来た大百足の頭を、ゴウと重い風の音を纏った回し蹴りで遥か後方へと蹴り飛ばす。そして、近くにあった大百足の尾の先から、宙に浮いている長い胴体の上を風よりも疾く走り抜け、一瞬前に弾き飛ばした大百足の頭上へと軽やかにトン、と跳び――そのまま、ギュルッと凄まじい回転をつけた踵落としで大百足の頭を射貫く。

ドォン！　まるで雷でも落ちたかのような轟音を立て、大百足の頭は地面へと激突し、大きなクレーターまで作った。

しばらく、辺りが静寂と土煙に包まれる。土煙が晴れ、クレーターの中心で大百足の頭のそばに立つ逢魔の姿が現れてからようやく、茫然としていた朝緒は我に返った。

『……カ……タ……』

ふと、逢魔の足元から微かに異形の声が聞こえた。朝緒はそれを確かに聞き取って、反射的に駆け出し、逢魔の前で力なく横たわる大百足に膝をついて触れる。

「おい、大百足！　正気に戻ったのか？　しっかりしろ！　おい！」

朝緒は大百足の頭を手で擦って、何度も呼び掛ける。大百足は弱々しく震えながらも、か細く、どこか虚ろな声をぽとりと落とした。

『カ、エ……リタ……イ』

朝緒は大きく目を見開いた。大百足は「帰りたい」と、そう言ったのだ。

正気に戻っている。そう確信した朝緒が、再び大百足に呼び掛けようとした声は、無慈悲な銃声によって遮られた。

ドン、ドン、ドン。三発の銃声が、間近で低く轟く。大百足の額には、三つの穴が空いていた。震えていた大百足の身体は、もうピクリとも動かない。

朝緒は乾ききった青い瞳で、おもむろに逢魔を見上げる。大百足に三発の銃弾を撃ち込んだ逢魔は既に、銃をスーツの下にあるホルスターへとしまおうとしていた。

ぎちりと、食いしばった歯が軋む。朝緒は音も無く立ち上がると、逢魔の胸倉を締め上げるように掴んだ。

「何で殺した」

静かな声は、冷たい怒りに満ちていた。逢魔は目を細めて朝緒に答える。

「害悪異形だからに決まってる」

「違ぇ！　今、こいつは……確かに正気を取り戻していた！　もう、誰かを傷つける力もなくなって、幽世に帰りたがってた！　そいつを、何で……わざわざ殺す必要があった!?」

「あれだけで、どうして正気に戻ったと言える？　それに、きみは自分がたった今、この異形によってどんな目に遭ったのか理解してる？」

逢魔の無機質な声が低められ、更に冷めたものとなる。

「きみはたった今、死に際にいたんだ。ぼくがいなかったら、きみは確実に死んでいた。ぼくは、人間は守ると決めている。だから、確実に殺す必要があった。きみと川堀が死なないために」

「……！」

朝緒は目を瞠って、息を呑んだ。逢魔の言うことに、筋が通っていたからだ。

実際、逢魔があそこまで大百足を弱らせなければ、大百足は正気に戻らなかった。大百足が正気に戻ったのも、一時的だったのかもしれない。逢魔がいなければ、朝緒は何度死んでいたかわからない。川堀も、死なせていたかもしれない。

黙りこくった朝緒を見た逢魔は、小さく鼻から息を漏らして、自分の胸倉を締め上げる朝緒の手を外そうとする。しかし、逢魔の手から反射的に逃げて、朝緒は手をぱっと離した。

「朝緒くん、假屋さん！　無事ですか⁉」

そこに、川堀が駆け寄ってきた。逢魔は川堀に頷いて見せると、死んだ大百足を観察するように身を屈める。朝緒も視線を下げて、再び大百足を見ると――もう既に、そこには生前の大百足の姿は無く。真っ赤な血と灰だけが残っていた。

実体の存在が薄い多くの異形は、死んでしまうと肉体はすぐに崩れ去り、灰塵と血しか残らないのだ。

蒼ざめた顔で大百足の血と灰をひたすらに見つめ続ける朝緒を心配したのか、川堀によって近くの木陰へと移動させられて、しばらく休むことになった。

川堀は未だに黙り込んで、死んだ大百足の方を見つめている朝緒に、明るく声を掛けてくる。

「やっぱり、朝緒くんも祓いの御業が使えるんだね。しかも、今はほとんど使い手のいない如月流でしょう？　大百足を怯ませたあの祓いの御業、初めて見た！　ほんとに凄いよ！」

川堀の言葉に、朝緒は力なく首を横に振って答える。

「違う……俺は……」

朝緒は平常、祓いの御業は、大気中にあるほんの小さな祓いの力を利用する如月流の序式しか使えない。己の体内に宿る祓いの力を使った技は、使うことが出来なかった。

しかし、それを朝緒は川堀に言い出せなくて、思わず押し黙ってしまう。

「？　……朝緒くん？」

心配そうに、川堀が首を傾げて朝緒を見る。そんな川堀の視線から逃げるように、朝緒は今まで目を背けてきた〝人間である己の弱点〟を今一度、内心で密かになぞった。

（俺の身体には、ほとんど祓いの力が無い。だから、祓いの力が高まる〝夜明け前〟のほんの短い時間しか、祓いの御業は使えない……どんだけ鍛錬しようと、どうしてもいつでも使えるようにはなれなかった）

つまり、朝緒が平常時に祓いの御業をほとんど使えないのは、半異形であるからだ。異形の妖気は扱えても、人間が持つ祓いの力が、朝緒は生まれつき極端に弱かったのだ。そのため朝緒は、祓いの力が高まるとされる聖なる時間帯の〝夜明け前〟にしか、祓いの力を引き出すことができない。

朝緒は未だ虚ろな視線を、大百足であった灰塵と血だまりに縫い留めたまま、ぽつりと零す。

「……俺は弱い」

「違う。その考え方は、自惚れに近い。きみは甘いんだ。何もかも」

朝緒の弱々しい呟きに、否定の声が重なる。顔を上げると、さっきまで死んだ大百足の灰を何やら丹念に調べていた逢魔が、すぐ目の前にいた。

朝緒は思ってもみなかった逢魔の言葉を受け、驚きのままに目を瞬かせる。

「きみの思想はどうでもいい。だけど、死にたくないのであれば。戦いの最中は、中途半端な甘い考えは捨てるべきだ」

朝緒は逢魔という圧倒的強者からの正論に、顔を歪める。逢魔はくるりと朝緒たちに背中を向けると、何処へともなく歩き出した。一応、逢魔の監視役を任されている朝緒は咄嗟に立ち上がって、逢魔を呼び止めようとする。

「おい」

「もう、監視は必要ない。ぼくは帰る。雨音への報告は任せたよ」

そう言って、逢魔の背中はすぐに小さく遠ざかってゆく。

こうして、その日の捜索は昼前には終わったのだった。

うららかな春の日差しが心地好い、昼過ぎ。

巨大異形の捜索から帰った朝緒は、雨音への報告も済ませた後。如月家の屋敷の庭にて、一人刀を振るっていた。

祓い屋は異形を殺すことは許されていない。しかし、異形による呪いや、呪いから生じた邪気を祓うには、祓いの力を込める依り代が必要となる。そのため、比較的殺傷力のない得物は、依り代として持ち歩くことを許されていた。朝緒がいつも帯刀している二本の刀の内の一本は、刃無しの刀である。

刃無しの刀で鋭く空を切り裂きながらも、朝緒の意識はどこかぼんやりとしていた。

（……どうすれば、大百足を救えた）

朝緒は未だに、先刻の大百足の件が頭から離れないままであった。

もし、朝緒が自在に祓いの御業を使いこなせていたら。大百足の荒（あら）ぶる妖気を鎮（しず）め、もっと穏便（おんびん）に大百足を正気に戻（もど）せただろうか。大百足を死なせずに済んだのではないか。

（あの時。あそこにいたのが、祓いの御業が使えない、俺じゃなくて）

雨音や弥朔、桃であれば。大百足を救うことが出来たのではないだろうか。

朝緒は耳の奥にこびりついて離れない、大百足の「帰りたい」という最期（さいご）の言葉を何度も頭の中で繰（く）り返して、振るう刀の柄（つか）を強く握（にぎ）りしめる。

自分は逢魔と川堀に守られ、大百足を救うどころか何もできなかった。何の役にも立たなかった。

「……」

朝緒は振るっていた刃無しの刀を、不意にピタリと止めた。眉間（みけん）に深い皺（しわ）を寄せて、朝緒は背後を振り向く。

「何の用だ。……てめぇ、帰るんじゃなかったのかよ」

「雨音に呼びつけられた。如月屋で報連相（ほうれんそう）しない奴（やつ）は、封印（ふういん）だって」

そこにいたのは、逢魔だった。どうやら、今日の仕事の報告を一人すっぽかそうとしたことで、雨音に呼び出されたらしい。如月家の屋敷内はそれなりに広いので、ちょうど庭先に居た朝緒から雨音の居場所を聞き出しにでも来たのだろう。

案の定、逢魔は相変わらずの無表情で、朝緒に短く尋ねてくる。

「雨音はどこ？」

逢魔を見ているだけで、今の朝緒の脳裏には、大百足の死に際の姿が蘇ってくる。それが耐えられなくて、朝緒は苦々しく目を逸らしながら逢魔の問いに低い声で答えた。

「……玄関から入って、右手の廊下を真っ直ぐ進んだ突き当たり。そこにある書斎だろ」

「そう。わかった」

逢魔は淡々と頷いて、朝緒に背を向ける。

「おい。待て」

朝緒は、ひたすらに刀を振るっても拭い去ることのできなかった――虚しさと怒りが入り混じった苛立ちにも近い感情に突き動かされて、いつの間にか逢魔を呼び止めていた。

「俺と一本勝負しろ」

意味などなかった。ただ、異形を手にかけておいて、何とも思っていなさそうな逢魔の顔がひたすらに気に喰わなくて。逢魔に抱く恐怖心を上回るほど、無性に腹立たしくて。その人形のような顔に、朝緒はこの行き場のない激情をぶち当てたかったのだ。

逢魔は首だけで朝緒を振り返り、灰色の目を細めて見せる。

「なに。きみ、また死ぬ目に遭いたいの？」

朝緒は逢魔に向かって刃無しの刀を構えながら、低く唸った。

「ああ。死ぬ目に遭ってでも、てめぇの顔に一発はぶち込みてぇんだよ。俺は」

「じゃあきみは、どうしようもない愚か者だ」

そう言って目を軽く伏せた逢魔は片足を引いて、半身だけで朝緒に振り向く。それを合図に朝緒は地面を蹴って、逢魔へと急接近し、逢魔の顎目掛けて斜め下から刃無しの刀の峰で斬り上げる。しかし、逢魔は柔らかく身体を捻りながら、すとんと全身を地面に這うように落として朝緒の初撃を避けるのと同時に、長い脚で朝緒の足を払った。

「くっ⁉」

強烈な足払いに、一瞬朝緒の身体は宙に浮いた。朝緒は咄嗟に受け身を取るが、すぐさま逢魔が倒れた朝緒へ馬乗りになって、身動きを封じてくる。そこで朝緒は僅かに漏れ出た逢魔の殺気を感じ取ってぶるりと総毛立ち、逢魔への耐え難い恐怖によって、されるがままになってしまう。

辛うじて刀から手を離していなかった朝緒は、恐怖に支配されて動けなくなった身体を叱咤するように大声を発して活を入れると、刀の切っ先を馬乗りになった逢魔の顔へとがむしゃらに突き上げる。その攻撃さえも、逢魔の艶やかな黒髪を貫いただけで、難無く突きを避けた逢魔は朝緒の腕ごと捻り上げ、刀を朝緒の首筋へと押し当てた。

詰みを悟った朝緒は、顔を歪めて歯噛みする。

「クッソが……！」

荒々しく吐き捨てた朝緒に、逢魔は鼻から小さく息を漏らす。

「やっぱりきみは、考え方だけでなく動きも甘い。刃無しの刀でありながら、わざわざ峰打ちにしようとしたり。簡単にされるがままになって、隙を見せたり」

逢魔はいつもの無表情はそのままだが、微かに低められた声色からして、珍しく苛立っているようだった。

「甘い奴は、嫌いだ。……こっちが苛々してくる」

朝緒を見ているようで、その灰色の眼の奥では、何かを思い出したかのような。朝緒を通して、別のものを捉えているようにも見える。

逢魔は苛立ちを鎮めるように、一度目を伏せながら朝緒を解放して立ち上がると、静かに背を向けた。

「異形殺しや祓い屋の世界で生きていきたいのなら。異形の死を目の当たりにしたぐらいで、いちいちそんな無様になっているとキリがない。そのままだときみ、確実に早死にするよ」

逢魔は無機質な声で淡々とそう言い放つと、足早にその場を去った。

朝緒は、異形の死を目の当たりにしたのは、実際今回が初めてのことであった。今の腑抜けた朝緒の様子を見て、逢魔はそれを容易く察したのだろう。

仰向けに倒れたままの朝緒は、片腕で目を覆って、強く歯を食いしばる。

(大百足を守れなかった。あの場で何もできなかった俺が、大百足を殺したんだ。……それを、あの狂犬野郎に八つ当たりして。甘ったれのクソガキかよ、俺は)

朝緒はぐしゃぐしゃとプラチナブロンドの髪を掻き乱し、固く目を閉じた。

(常に祓いの御業も使えない。感情に振り回されて、ろくに何もできていない。正真正銘の役立たずじゃねぇか)

今の朝緒には、柔らかな春の日差しも、花の残り香が混じった春の匂いさえも。何もかもが酷く鬱陶しく感じた。


カーテンから、夕日の赤い光が薄っすらと滲み溢れている。

逢魔との勝負の後から、朝緒は自室のベッドの脇に膝を抱えて一人座り込んでいた。

電気の明かりもなく、薄暗い部屋の中でぐるぐると勝手に回り続ける思考は、どんどん泥沼に沈んでゆく感覚がする。

「うお、暗。なんだ、ようやく朝緒も昼寝の良さに目覚めたか？」

不意に、部屋のドアがノックもなく開かれて、無遠慮な桃の声が入ってくる。おそらく、桃も仕事を終えて、一息吐こうと帰って来た直後なのだろう。桃は、朝緒のベッドを勝手に占領して眠っていることがよくある。

桃はドアを後ろ手で閉めて部屋に入ると、真っ直ぐに朝緒のベッドへと向かい、その上に寝転んだ。ぎしり、とスプリングが重みを跳ね返す音が背後から聞こえて、朝緒は低い声で唸る。

「……出ていけ、桃。俺は今気分が悪ぃ」

「やだよ。今夜の俺の寝床、ここにするってもう決めたから」

いつもなら怒鳴りつける朝緒だったが、今はそういう気分でもない。朝緒は大きく息を吐くと、再び黙って膝に顔を埋めた。そんな朝緒を挑発するように、桃がベッドの上から朝緒に軽薄な声を掛ける。

「ぼんやりと聞いたんだが。件の巨大異形に襲われたんだって？」

「……」

「襲って来たんなら、そりゃもう害悪異形だ。おまえは死なずに済んでよかったな、朝緒」

桃の言葉に、朝緒は無言で唇を噛み締める。

「おまえ今、『自分は役立たず』だとか。そんなこと考えてんだろ」

「……！」

「図星か。ったく、くだらねぇこと考えてんなぁ。やっぱ朝緒は馬鹿だ」

小さく息を呑んだ朝緒に、桃は馬鹿にするような笑いを上げる。朝緒はとうとう、桃のふざけた態度に耐え切れなくなって、やけくそに桃の言葉を肯定した。

「ああ、そうだよ！　本当は、ずっと感じてた！　役立たずどころか、如月屋に俺の〝役〟は無いんじゃねぇかって……雨音は如月屋の店主として、皆をよくまとめてるし。クラゲは、いつも周りをよく見ることが出来て、サポートもしっかりしてる。桃とあの狂犬野郎でさえ、俺じゃ到底敵わねぇ強さで、皆を危険から守ってる。それなのに、俺は！」

朝緒は拳を床に叩きつけて叫んだ。

「……祓いの御業も満足に使えず、俺一人じゃ、依頼人も危険に晒すほど弱い！　帰りたがってる異形の一人も、守れねぇ！　口先だけのクソ野郎だ、俺は！」

「おー。確かに今のおまえはクソ野郎だな。自分と他人を比べるなんざ、何ともおこがましい。正真正銘のクソ馬鹿野郎だ」

容赦のない桃の返しに朝緒はかっと顔が熱くなったが、すぐに桃の言うことが正しいと理解して、己の愚かさに反吐が出る思いでもう一度拳を床に叩きつけた。

「……〝役〟なんぞに拘るな。おまえらしくもねぇ。つーか、俺も如月屋での役なんて碌にあると思ってねぇし。祓いの御業が使えねぇのが〝弱い〟とか、意味わからんこと気にしてるが。朝緒、おまえ。今まで自分の祓いの力、どう使ってきた？」

「どうって……」

桃の問いに、朝緒は今までの自分の仕事を振り返る。

朝緒の祓いの力は夜明け前の僅かな時間しか使えず、しかも、使えたとしても応用の幅が限りなく狭い、非常に弱い力だ。そのため、朝緒は夜明け前の時間帯に隠密で活動することが多く、祓いの力は主に呪いや邪気を祓うことだけに使っていた。

人間への恐怖で無意識に自身に呪いをかけてしまった異形や、邪気に中てられてしまって苦しんでいる異形。同じように、害悪異形による呪いや妖気を受け、弱ってしまった人間。朝緒はそういう困っている異形や人間――人々の苦しみを解消するため、祓いの力を使ってきた。

そこまで考え至ってふと、朝緒は今まで出会ってきた人々の顔を思い出す。朝緒によって呪いや邪気を祓われた依頼人たちは皆、異形も人間も問わず、笑って感謝してくれた。

ほんの小さな朝緒の力にも感謝してくれる依頼人たちの笑顔を見て、朝緒は異形も人間も問わず、困っている誰かを手助けできる「祓い屋」に成りたいと思ったのだ。

「やっと思い出したか？　そ。つまり、どんな力も要は使いどころが肝心なんだよ。おまえはもっと、その使いどころがどこにあんのか考えてみろ。それ以外のところは、他の奴らに任せときゃいい――〝如月屋〟は、もともとそういうスタイルだったろ。だがまあ、それでもどうにもならねぇことなんざごまんとあるし。何でも救えると思うな、傲慢馬鹿。

んで、人間を守る分には、今の如月屋にはデカい戦力が二人もいるが」

朝緒は目を大きく見開きながら顔を上げて、背後のベッドに寝そべる桃を振り返る。桃は朝緒にピースサインを軽く掲げて見せた。戦力とは、桃と逢魔のことだろう。桃の実力は十二分に知っているし、逢魔には実際、先刻悔しくも守られたばかりだ。

桃はきっと、身内を守るのは自分に任せて、朝緒はもっと己の力の使い方を模索しろと言っているのだ。

「異形を殺しちまったのは、もう覆らねぇ。どんな理想の道中でも、このクソみてぇな世の中で血を見ないことはない。それでもおまえは、おまえの理想のために前向いて進むしかねぇんだよ。いつまでも引き摺ってたら、それこそ假屋に何もかも手遅れになるまで潰されちまうぞ？」

低く笑っている桃に、朝緒は今までずっと聞けずにいたこと——しかし、朝緒も薄々勘付いていたことを、改めて意を決して尋ねた。

「……桃は、〝異形との共存〟なんて無理だと。そう、思ってんのか」

「まあな。朝緒の理想と假屋の理想。どちらかと言えば、俺は假屋派だ。だから俺は、あいつの殺戮行動を止めようとかは思わねぇ。そういうことで、假屋の監視役はおまえにしかできないと、閃の爺さんも考えたんじゃねぇか？　知らんけど」

「つーか、假屋の監視兼補佐ってクソ面倒な役があるじゃん、おまえ。最悪で笑える」と、桃はあっけらかんとした様子で笑った。そして、勢い良く上体を起こし、ほのかに赤い薄暗闇の中で朝緒と視線を合わせる。

「俺は今、賭けをしてる。朝緒の理想が勝つか、假屋の理想が勝つか——俺は、両者とも、いいい、に理想が潰れる、ってとこに賭けた。つーわけで、これから楽しませてくれよ？　朝緒」

桃は、ぞっとするほど破滅的に笑った。

その笑みに全身が粟立ったが、すぐに腹の底から沸々と対抗心やら熱情やらが沸き上がってくる。朝緒は短く鼻を鳴らして立ち上がると、桃を睨みつけた。

「……勝手に賭けて、勝手に負けてろバカ。これからは絶対、俺があの狂犬野郎を止めてやる。そして、俺は俺の理想を、死ぬまで諦めねぇ」

朝緒はまだ、あの逢魔を止めることが出来る自信などなかった。それでも、桃にここまで煽られては、やれるだけやるしかないと思ったのだ。やると決めたことは、即座に口に出す。それが朝緒の、己を奮い立たせる手段の一つである。

桃は再びベッドに寝転び、くつくつと喉奥で小さく笑いを零した。

「おーおー。今の今まで落ち込んで拗ねてたガキが。言うねぇ」

「別に拗ねてねぇ！　というかお前、何勝手に俺のベッドで寝てんだ！　臭くなるから退け！」

「おいおい、良い匂いになるの間違いだろ？　思春期坊や。あとさっきも言ったじゃねぇ

か。今日の俺の寝床はここだと決めてる。朝緒は今夜、別んとこで寝ろよ。んじゃ、おやすみ」

「は⁉　おいマジでふざけんなよ、ヒモ男！　寝るな！　今すぐここから出て行け！」

結局、自室から桃を追い出すことが叶わなかった朝緒は、あえなく広い座敷に自分用の布団を運び込んでいた。

「あの暴食ヒモ野郎……よりにもよって、いつも俺が朝食当番の前日に泊まりやがる。嫌がらせで狙ってんのか？　とにかく絶対ぇ明日の朝飯は食わせてやらねぇ……」

ぶつぶつと不満を垂れ流しながら座敷から廊下に出た朝緒は、ふと、廊下の奥から歩いてくる人物が視界の端に映って、僅かに目を見開く。

「！　……てめぇ、まだ居たのかよ」

「ああ。ずっと雨音から説教されてた。雨音って、結構小煩い」

それは、逢魔だった。夕暮れの昏い光が差し込み、頬が赤く照らされている逢魔の白磁のような美しい顔は、何故だかやけにいっそう青白く思えた。

逢魔を前にした朝緒は先ほど、自室を出る前にした桃との問答が脳裏を過る。

『そういや……あの狂犬野郎は、何であそこまで異形を殺すことに執着してんだ？　あいつの殺意は、異常過ぎる』

『さあな。俺も詳しくは知らねぇが……どうにも特定の異形を捜してるらしい。容易に想像がつくのはやっぱ、〝復讐〟とかだが。あいつ、友人もほとんどいなけりゃ、家族もいなそうだしな。まー、假屋の真意が何だろうが、俺はどうでもいいけど』

桃の推測は、何となく正しい気がした。しかし、逢魔の無感情過ぎる横顔を見ていると、その推測に何故だか胸の辺りがつっかえるような違和感を覚えるのだった。

朝緒がぐるぐると思い悩んでいるうちに、逢魔は歩みを止めることなく、朝緒の前を通り過ぎてゆく。同時に朝緒は、『假屋の監視役はおまえにしかできないと、閃の爺さんも考えたんじゃねぇか？』と言う桃の声が蘇って、咄嗟に逢魔の背中へと微かに上擦った声を掛けた。

「甘いと言われようが、何度死にかけようが。俺は俺の理想のために行動し続ける！　あと、次の仕事では監視役として、絶対にてめぇから目を離さねぇからな！　覚悟しろ、狂犬野郎！」

逢魔は一度立ち止まって、首だけで朝緒を振り返った。その灰色の目はいつもより大きく見開いていて、どこか、幽霊でも目の当たりにしたかのような顔をしている。そしてなんと、逢魔は唖然とした様子から一変して、呆れたように小さく噴き出したのだ。

人形のような、常なる無表情が明らかに崩れた逢魔の横顔に、朝緒も思いがけずひどく驚愕(きょうがく)して大きく目を瞠(みは)る。

しかし、すぐに逢魔は前を向いてしまって、再び薄暗い廊下の先を歩き始めた。そして、呆れの混じった短い吐息(といき)と共に、朝緒に答える。

「それだから、きみたちみたいなバカは犬死にしていく――もう、いい。勝手にすれば」

朝緒は初めて目にした、逢魔の無表情以外の顔に呆気(あっけ)に取られて小さく呟(つぶや)く。

「……何なんだ、あいつ……〝きみたち〟って、誰だよ……あと、馬鹿野郎はてめぇだ」

やはり逢魔は、心底気に喰(く)わない奴だ。

朝緒は小さく鼻を鳴らすと、逢魔とは逆方向に向かって、夕日に照らされた廊下を歩きだす。

後悔(こうかい)ばかりに苛(さいな)まれて、役立たずだと、早々に自分自身の力を諦めてしまうことは容易(たやす)い。だが、今はただ、どんなに怖(こわ)くて、目を背(そむ)けたくなるような困難な事であっても。如月屋の皆(みな)が朝緒を信じて任せてくれた仕事や、役割を全(まっと)うしたい。

そして、自分の〝力の使いどころ〟を見極(みきわ)めて、見出(みいだ)していきたいと。自分の持ち得る全(すべ)ての力を思うままに使いこなせるようになって、今度こそ守りたいものを、守り通すのだと。

朝緒は強く、思い直すのだった。

第三章 魔を追って

初めての巨大異形捜索の日から一週間以上経ち。

依頼の進捗は芳しくなく。如月屋は依頼人の川堀含めた総員で、何か所もの幽世門周辺を捜索したが、生きた異形の一人も見かけることはなかった。見つかるのは異形の死骸である灰や血痕等ばかりだ。

今日も朝緒は、逢魔と二人、幽世門の調査に赴いていた。

いつもはもう一人誰かいるのだが、組む予定だった雨音が急遽、如月屋で預かっていた半異形の子どもの引き取り手と面会することになったため、今日は二人だ。初めての逢魔と二人の調査で朝緒は緊張していたが、何を思ったのか逢魔は以前ほど勝手な単独行動を取ろうとしなかったので、少しほっとしていた。

それでも正直、朝緒は内心では不安しかなかった。監視役として逢魔に啖呵を切って見せたとはいえ。朝緒の正体は半異形で、逢魔は如何なる異形も殺すと宣言し実行して見せる、いわば殺し屋。いくら桃が「妖狐の化け術の力が強い朝緒ならバレない」と言っても、本当に正体がバレないという確証はない。

（……やっぱり、あいつのそばにいると息が詰まる）

朝緒は先刻見つけた、幾人もの異形の灰をかき集め、一人一人丁重に弔いながら少し離れた先にいる逢魔を盗み見る。

それにしても逢魔の異形に対する姿勢は、何だか不思議だと朝緒は思った。

生きている異形には、あれほどまでに強烈な殺意を剝き出しにするくせに、異形の遺骸を雑に扱うことなどはしない。むしろ、丁寧に遺骸を調べている様子だった。

（前に、桃は狂犬野郎の異形への執着の源は〝復讐〟かもしれねぇっつってたが……それにしては、仕返ししてやろうっていう復讐心みたいなモンは感じねぇ気がする）

内心首を捻っていると、灰を調べていた逢魔が立ち上がり、朝緒の方を振り返った。

「どの死骸の灰もずいぶん量が多いことからして、巨大異形が死んだものに間違いない。それに、灰からは膨大な妖気と邪気を感じた。尋常じゃない状態で死んだ可能性が考えられる。加えて、やっぱり異常に死骸の数も多い」

「……てめぇもそう思うか」

朝緒は逢魔に頷いて見せながら立ち上がる。朝緒も、逢魔と同じことを思っていた。

幽世門に近づけば近づくほど灰になった異形の死骸が見つかるのだ。そして、逢魔の言う通り、一人分の遺骸の灰の量が途轍もなく多く、膨大な妖気と邪気の残滓も感じる。

しかし朝緒は、もう一つ気になることがあった。

(……この匂い。やっぱり)

どうにも、灰に残った妖気の残滓から、甘ったるい匂いがするのだ。

妖狐は五感も鋭く、感知能力が高い。それゆえに、妖気だけでも様々なことがわかる。

(蜜のような甘い匂い——間違いない、〝虫妖怪〟の特徴だ。そして、一番初めに俺たちが会った巨大異形は大百足……あいつも、虫妖怪だった)

邪気のせいですぐには特定できなかったが、朝緒が調査した全ての遺骸から、虫妖怪特有の匂いがしていた。

ならば何故、この虫妖怪たちは巨大化しているのか。何故、現世を彷徨っているのか。

考え込んでいた朝緒はふと、遺骸の血だまりから一切の躊躇も無く片手で血を掬い取っている逢魔の姿が視界の端に映って、ぎょっとした。

「……異形まで、人間と同じ血の色。違う血の色だったらいいのに」

逢魔は、掬い上げた赤い血が指の隙間から滴り落ちてゆく様をぼうっと眺めて、小さく呟く。その独り言を拾った朝緒は、すぐに違和感を覚えた。

異形の血は、人間と同じ赤色だ。それを見て、「人間と違う色だったらいいのに」などと言うことは、「人間とは全く異なるモノとして異形を認識したい」ということなのではないだろうか。だが、少し奇妙だ。それだとまるで逢魔が、異形を「人間と似ているもの」と元々認識しており、それを否定したいかのようだ。

そう思い至った朝緒は目を瞠ると、信じられない思いで逢魔を凝視した。

少し前から感じていた逢魔への違和感が、次々と繫がっていく。

この異形殺しの怪物は、もしかして――。

「てめぇ……異形を殺すと言っておきながら、本当は殺したくないんじゃないのか？」

朝緒は、ぽつりと逢魔の内なる矛盾を指摘する。すると逢魔は弾かれたように朝緒を振り返って、微かに驚いたような顔を見せた。

（図星かよ）

逢魔の反応を見て朝緒も更に目を見開くと、内心でそう確信する。

「殺したくねぇって思ってるのに、何で」

「ぼくの本心なんぞはどうでもいい。それでもぼくは、異形を殺し続ける。そのために、如月屋にきた」

逢魔は朝緒の声を遮り、未だに少し見開いた灰色の眼で真っ赤な血に染まった手をしばらく見つめると、強く拳を握って目を伏せた。

逢魔は己の本音と行動の矛盾に気付いてもなお、ひどく頑なだった。

「異形との共存を目指す」如月屋に来たのは、「異形を殺し続けるためだ」と言う逢魔の、またもや矛盾を感じさせる発言を訝しんで、朝緒は尋ねる。

「どういうことだ」

「……ぼくは、とある異形の行方を捜してる。如月屋は異形との共存を目指すゆえに、祓い屋の中でも最も異形と密接だ。如月屋の、異形から直接得た希少な異形の情報を得ることで、ぼくは捜している異形の手掛かりを掴みたい。それが、目的の一つ」

とある異形を捜している。そういえば以前、雨音と桃が逢魔の目的について同じことを言っていたと、朝緒は思い出した。

逢魔は立ち上がって、血の滴る手を鋭く振り払いながら、流し目で朝緒を見る。

「無論、如月屋が見逃している害悪異形を殺すため、という目的もあるけど」

朝緒は不思議でならなかった。なぜ、「異形を殺したくない」という感情が少しでもあるというのに、その感情に逆らってまで異形を殺すことに執着するのか。

逢魔を「怪物」と思わせるほどに。逢魔の異形への並々ならぬ殺意を突き動かす根源とは、一体何なのか。

朝緒はいつの間にか震えていた手を、爪を食い込ませて握り締め、逢魔に詰め寄るように問おうとした。

「五天将になって、しかも柊連で謹慎食らうまで暴れて……！　てめぇは何で、そこまでして異形を殺そうとする？　てめぇの無尽蔵の異形への殺意は、いったいどこから来てるんだ？」

そこまで言い募った朝緒の声を一蹴するように、逢魔が首を横に振る。

「ぼくも、きみには聞きたいことがあるよ。……きみもぼくが怖いんでしょ？　なのに、どうして怖い思いまでしてぼくのそばにいる？　監視役なんて、他の誰かにでも任せればいい」

思いもよらなかった言葉と問いが、逢魔の口から出てきた。

逢魔はどうやら、自分自身が〝恐怖を抱かれる対象〟だということを心底自覚しているらしい。

朝緒は逢魔からの問いに虚を衝かれて、一瞬身体を固まらせる。しかし、反射的に朝緒は答えていた。

「俺がてめぇを心底嫌いだからだ。〝全ての異形を殺す〟っていうクソみてぇな思想も行動も、てめぇの何もかもが気に入らねぇし、俺はそれを否定する。だから俺は、てめぇから目を離すわけにはいかねぇんだよ。——それに、てめぇみたいな狂犬野郎を他の奴に任せるなんざ、気が気じゃねぇだろうが」

逢魔はまた、いつもの無表情を珍しく崩し、目を見開いて朝緒を振り返る。

その表情は驚いている、というより。何か見極めようとしているかのようなものだった。

朝緒の答えを聞いた逢魔は一つ沈黙を置くと、目を伏せながら朝緒に背を向ける。そして、ほんの短い言葉を発して調査を続行した。

「そう」

この日の朝緒と逢魔のまともな会話は、それっきりだった。

さらに数日が過ぎた。

朝緒はまた、別の幽世門へと如月屋一行と共に調査に向かう道中にあった。雨音が「巨大な異形を見かけた」という、別の祓い屋からの確実な情報を得て、今に至る。

しかし、その日は如月屋と依頼人の全員での調査となるはずだったが、川堀と逢魔、二人の姿が無かった。

「あれ。そういえば依頼人と假屋、見かけねぇな。サボり？」

街外れの小道を歩きながら首を傾げる桃に、後ろを歩く朝緒は呆れて溜め息を吐き、弥朔は苦笑を零した。

「気付くのが今更過ぎるし、サボりでもねぇ。飛は柊連の緊急の任務」

「逢魔さんは、雨音先生が別のお仕事を任せているそうです」

逢魔については、監視役である朝緒にその仕事内容すら知らされていないのが少々気に喰わないが。それでも何か、雨音も考えがあってのことだろうと、朝緒は無理やり自分を納得させている。

「はーん。そういうことか……あー。俺もサボりてぇ」

大欠伸をしながらそんなことを零す桃に、先頭を歩く雨音が釘を刺す。

「サボりたがっているのはお前だけだ、桃。しかもお前、既にこれまで何度もサボりおって……このままだと、減給待ったなしだが」

「待って。減給だけはどうか勘弁。頼むぜ、お兄ちゃん」

反省の色が全く見えない桃を雨音は無視し、そのまますぐ目の前に広がる、人の手が入っていない鬱蒼とした森を目指して歩く。そこは、祓い屋や異形殺し以外の一般人は近寄れない、特殊な結界を張られた立ち入り禁止区画でもある。幽世門周辺は、只人と異形を隔絶するために、禁域とされることが多い。

如月屋一行が目指す幽世門も、そんな隔絶された森の中にあった。


如月屋一行は慣れた様子で、倒木も多く足元の悪い森の中を難なく進んでいった。

初めは木漏れ日がゆらゆらと揺れていたが、森の奥へ奥へと入ってゆくうちに鬱蒼とした枝葉に光は遮られ、薄暗くなってゆく。そのうえ、森の木々の形も歪になっていった。

「ようやっと着いたな」

人並み外れた長身の桃が立ち止まって、首が痛くなりそうなほどに前方を見上げる。

そこには、苔むした石造りの幽世門が聳え立っていた。周りには、まるで生え変わって落ちてしまった鹿の角の如き、奇妙な形をした樹木が鬱蒼と並んでいる。

桃の隣に立つ雨音は同じく幽世門を見上げながらも、眉根を寄せて硬い声を出す。

「それにしても……静かすぎる」

黒い森の中は、葉擦れの音の一つさえしなかった。耳が痛くなるほどの静寂に包まれた、不気味にも思える黒い森を見渡して、朝緒は雨音の声に頷く。

「ああ。濃い邪気が蔓延ってる……だから、生き物の一匹もいねぇんだ。この邪気が森から溢れ出る前に、邪気が生じてる源を早急に祓わねぇと」

顔を顰める朝緒に、雨音が耳打ちする。

「無理をするなよ、朝緒。お前は感知能力が鋭いゆえ、邪気に中てられやすいからな」

「気をつける」

雨音に小さく頷いた朝緒から少し離れた後方、弥朔が朝緒の頭の向こう側を一心に見つめていた。それに気が付いた桃が、弥朔の隣に並んで同じ方向に視線を向ける。

「どした、クラゲ。何か見つけたか？」

「あ……桃さん。はい、実は気になるものを見つけて……あそこ、少し違和感がありませんか？」

弥朔が桃に指し示して見せたのは幽世門のすぐ隣にある、やはり鹿の角のような形をした巨樹であった。桃はその巨樹を、目を細めてしばらく凝視すると、僅かに口角を吊り上げて弥朔の肩を軽く叩く。

「ほう。よく見つけたな、クラゲ。お手柄」

「え。そうなんですか？」

「ああ。……おい、雨音、朝緒。幽世門の右隣の木、見てみろ。あれ、幻術だよな？」

桃に朝緒と雨音は一瞥を寄越すと、すぐに幽世門を注視する。確かに、しばらく観察していると、巨樹が空間ごと波打ったような気がした。朝緒は雨音と一度顔を見合わせた後、二人揃って桃と弥朔を振り返った。

「……間違いねぇ。幻術だ。しかも、それなりに質が高いヤツ。桃はボケッとしてるから、見つけたのはクラゲか？　よく見つけたな」

「よくやった、弥朔。それではとりあえず、あの幻術を破るぞ。桃、得物を出せ」

「ありがとうございます！　朝緒、雨音先生」

「おいおい。兄弟そろって俺の扱い雑過ぎ。俺、繊細なんだから。もっと丁重に扱えよ」

桃は大袈裟に肩を竦めて見せて、懐から一枚の呪符を取り出し、地面に軽く叩きつける。すると、ぼんと白煙が広がり、中から長大な大刀と錫杖が現れた。桃は大刀を肩に担ぎ、雨音が錫杖を手に取る。

桃は担いだ大刀で軽く肩を叩きながら、幻術と思われる樹木に向かって歩き出し、背中越しに軽い調子で尋ねてきた。

「式神を使うまでもねぇ。あの幻術、力尽くで破っても問題ないよな？」

本来は式神を使役することを得意とする〝式神使い〟である桃は、式神使いにしては珍しく、五天将である逢魔に並ぶほどのフィジカルの強さを誇る。

そんな桃の問いに雨音が頷き、朝緒は短く鼻を鳴らした。

「問題ないが、加減しろ」

「そうだぞ、桃。お前は術者まで傷つけかねないからな。丁寧に、慎重にやれ馬鹿力ゴリラ」

「ばーか。誰に言ってる」

「お願いします、桃さん！」

素直な弥朔の言葉にだけ、桃は軽く手を振って見せる。そうして、担いでいた大刀を片手で構え、ボッと破裂するような音を立てて一度振った。その一瞬で大刀の刃に桃の祓いの力である、濃い赤色の光が燃えるように灯る。

「朝霧流祓魔術――」

流れるようにぬらりと走り出し、桃は樹木に向かって渾身の突きを一撃放った。

「破式〝篠の夕立〟」

桃の大刀の切っ先は樹木に触れる寸前で止まり、空間を刺した。ドッと突風が吹いて、土煙が上がる。併せて、パキン、と高い音が響き渡り、大刀の切っ先から空がひび割れた。

樹木周辺の空間が、桃の一撃によってぼろぼろと崩れ去ってゆく。すると、樹木の幻の中から出てきたのは——一匹の、巨大な虫妖怪であった。

甲虫のような胴体に八本の獣の肢、背には蟬のものに似た翅が四枚生えている。そんな巨大な虫妖怪の姿が全て露わになると、辺りに禍々しい邪気が漂い始めた。それを瞬時に感じ取ったのであろう桃は、虫妖怪から距離をとるため背後に飛びしさる。

虫妖怪の全貌を目にした雨音は、大きく目を見開いて息を吞んだ。

「あれは……辟邪虫か……!?」

聞いたことがない異形の名に、朝緒は雨音へと尋ねる。

「ヘキジャチュウ？　それが、あの虫妖怪の種か？」

「ああ……虫妖怪の希少種で、太古より存在する大妖怪だ。災厄や疫病を喰らってくれることから、異形や人間を問わず〝神の使いの虫〟とも呼ばれている。……それにしても何故、清い精霊にも近い存在とされる辟邪虫が、あれほどまでに邪気に侵されている……？」

雨音の言う通り、辟邪虫はその肉体からただならぬほどに禍々しい邪気を放ち続けていた。おそらく、朝緒たちがこの幽世門を訪れた時から感じていた邪気を生んでいるのは、あの辟邪虫なのだろう。

朝緒は禍々しい邪気を受けて、呼吸が苦しくなるのに耐えながらも、雨音と弥朔に顔を向けた。

「とにかく、その辟邪虫と意思疎通を図るにも……この邪気が邪魔だ」

「ああ。いったん邪気だけを祓って、辟邪虫に近づけるようにせねばなるまい。となると、俺の祓いの力を、弥朔の〝神気〟で更に広範囲に届くように拡大させるか。……弥朔、簡易版でいい。今すぐ神楽は舞えそうか？　祝詞と笛は朝緒に任せたいが」

弥朔は祓いの力だけでなく。弥朔の実家である神社で祀る〝神〟の力の欠片〝神気〟を、如月屋の面々に付与することができる巫の役割を担っていた。弥朔が付与する神気の特性は、〝活性〟と〝鎮静〟の二種類がある。雨音はその内の〝活性〟の神気を以て、己の祓いの力を広範囲に拡大させたいのだろう。

雨音の視線を受けて、朝緒と弥朔は力強く頷いた。

「わかった。あまり、祓いの力を使いすぎんなよ。雨音」

「できます。あたしと朝緒に任せてください、雨音先生」

素早く二人に頷き返した雨音は、前にいる桃も呼び寄せる。

「頼んだ。――桃！　まずは周辺の邪気を俺たちが祓う。お前は下がっていろ！」

「へーい」

桃が生返事をしながら、こちらに走って戻ってきた。それを見届けた朝緒は肩に提げていたバッグから横笛を取り出し、弥朔も背負っていたリュックサックから御幣と神楽鈴を持ち出して構える。雨音が手に持っていた錫杖を真っ直ぐに持って掲げた。

「我ら空蟬の子。大神の息吹より出でし衣を纏うことを此処にお示し白す」

朝緒が目を伏せて始まりの祝詞を唱える。同時に、弥朔が手首だけを捻って、神楽鈴をリンと鳴らした。

「諸諸の禍事、罪、穢、有らむをば祓へ給い、清め給へと白す事を聞し召せと。畏み畏みも白す」

祝詞を唱え終わった朝緒は、横笛に口を寄せ、高く透き通る音を鳴らした。その鳥が飛ぶような音色に合わせて、弥朔が神楽鈴を響かせて舞う。身体をたおやかに揺らし、くるりと舞う弥朔の瞳は橙色の〝活性〟の神気で光り輝いており。一時も離さず、その橙色の視線は雨音を捉えていた。

雨音が掲げている錫杖には、雨音の祓いの力である金色の光が一等眩く灯る。

「如月流祓魔術――浄式〝弦月金風〟」

雨音がシャラン、と涼やかな音を鳴らして錫杖を地に突き立てた。すると、雨音を中心に金色の光が噴水の如く溢れ出てきて、半球状に広がっていった。その半球状の光の中では心地好いそよ風が吹き渡り、溜まった邪気を押し流して消してゆく。雨音の祓いの光と

風は、辟邪虫をも覆い尽くした。

辟邪虫は既に、今際の際にいた。

空を飛ぼうと、いくつもの穴が空いた翅を小さくはためかせ、ぼろぼろの肉体は体内に溜まった邪気の苦しみによって震えている。

朝緒は無惨な辟邪虫の姿に目を逸らしたくなるが、辟邪虫の体表に違和感を覚えて、思いがけず息を呑んで目を凝らす。

(こいつの身体にも、大百足と同じ〝蛇の目〟が……?)

朝緒は辟邪虫の身体を間近に見て、その体表に〝蛇の目模様〟があることに気が付くと、訝しんで首を捻る。

ふと、苦しみ悶えている辟邪虫が、虚ろな声を漏らした。

『許すまじ……許すまじ。我らに……我が子たちへの、惨たらしき仕打ち……死してもなお、赦されぬ……あの喉を食い千切り、何度殺してやろうと、足りはせぬ……祟ってやる、呪ってやる……』

辟邪虫は、何度も何度も、繰り返し憎悪と悔恨の入り混じった呪いの言葉を吐き続ける。

呪いの言葉と共に辟邪虫が放つ邪気も強く、濃く、増していった。

「……異形も人間も問わず。多くの災厄と疫病を喰らい、温厚で穏やかとされる辟邪虫がここまで憎しみに囚われてしまうとは」

「……クソ！」

辟邪虫の呪いと雨音の言葉を聞いた朝緒は、拳を強く握り締めながら短く憤りの声を漏らす。辟邪虫の呪いの言葉が、あまりにも悔しくて、あまりにも悲しくて、やりきれなくて。朝緒は俯いて顔を歪めた。隣にいる弥朔も、顔を蒼くして目を伏せている。

そこへ、桃が静かに進み出てきて辟邪虫を真っ直ぐに見下ろした。

「このまま放っておけば、もともと大妖怪として力の強いこいつは、確実に邪気だけじゃなく。祟りと呪いをまき散らす怨霊に成り下がっちまう。それに、もうずいぶん長い間苦しんでる。祓いの力を以て、介錯するべきだ」

「！　……殺す、のか」

震える声を漏らした朝緒に、桃が恐ろしいほど表情の無い顔で頷く。

「殺す。そして、楽に送ってやるんだよ」

「楽に送ってやる」という言葉に、朝緒は更に瞳を揺らした。迷う朝緒の肩へ、雨音が手を置いて頷く。

「桃の言う通りだ。丁重に、俺たちで葬送しよう――せめて、もう持て余した呪いと憎悪に苦しまぬように。ただ安らかに眠れるように」

朝緒は固く瞳を閉じて、しばらく唇を噛み締める。何度も桃と雨音の言葉を反芻して、ようやく目を開けた時には、納得したように首を縦に振るのであった。

如月屋一行は、辟邪虫を葬送する準備を整えた。

動けない辟邪虫の四隅には榊の枝を立て、辟邪虫の前には即席で作った祭壇がある。祭壇の向こう側には雨音と朝緒、弥朔が立っていた。

介錯するのは無論、異形殺しである桃が担当する。桃は辟邪虫の巨大な身体の上に乗り、辟邪虫の頭と胴体を繋ぐ節に、大刀の切っ先を構えていた。

雨音は祭壇のすぐそばまで進み出ると、辛うじて息のある辟邪虫に静かな声を掛けた。

「かけまくもかしこき、辟邪虫の君よ。どうかその身に余る、憎しみ、哀しみ、怒り、呪いを忘れ。ただ安らかに眠ることを願い、鎮まり給え……」

雨音の声と共に、桃の大刀の刃が辟邪虫の頭の節に触れる。それに気が付いた辟邪虫は、ふと我に返ったように。穏やかに、願うように。細い声を漏らした。

『……我は、子らに……会えるのか……？』

雨音は深く頭を下げて、辟邪虫の声に答える。

「いずれ、きっと」

それを聞いた辟邪虫は、振り絞るような声で懇願した。

『嗚呼……帰りたい……』

帰りたい。以前、朝緒が出会った大百足の最期の言葉と重なって、朝緒は弾かれたように俯いていた顔を上げる。

「朝霧流祓魔術——破式〝血朏〟」

同時に、桃の祓いの刃が赤く閃いて——辟邪虫の頭部と胴体を、完全に断ち斬った。

一気に、幽世門一帯に広がっていた邪気が収まってゆく。ほろほろと、灰と血だけになってゆく辟邪虫の肉体。耐え難い苦しみの末に、ひたすら何かを願って死んでしまった辟邪虫の姿を、朝緒は白くぼやける視界もそのままに。完全に灰と血に成り果てるまで、目を逸らすことなく見送る。

そして、弥朔から玉串を受け取った雨音は祭壇と辟邪虫に一礼をし、根本が祭壇側に、葉が自分側に向くよう右回りに回して玉串を祭壇に置く。そのまま二礼し、しのび手で二拍手、最後に一礼をして、辟邪虫の葬送を終えたのだった。

「終わった？」

葬送を終えた如月屋一行の背後から、無機質な声が掛かる。全員、聞き覚えしかないその声に振り向くと、すぐそこに大きな紙袋を手に提げた逢魔が立っていた。驚いて目を瞠る朝緒が、逢魔へと咄嗟に尋ねる。

「てめぇ、雨音に仕事を任されてたんじゃ……！　というか、いつからそこに……？」

「雨音の仕事は終えた。ここに来たのは、落神が辟邪虫を殺す、少し前くらい」

逢魔は音も無く歩み寄ってくると、もう既に灰と血だけになった辟邪虫を見下ろして、淡々と言った。

「ぼくが、殺すべきだった」

朝緒が怒りを孕んだ青い双眸を吊り上げて、逢魔に低い声で問う。

「てめぇ、辟邪虫の最期の言葉を聴いてなかったのか？」

「聴いたよ」

「じゃあ、解るだろうが。誰が殺す殺さないの問題じゃねぇんだ。異形にも、人間と同じく大事な誰かがいる。帰る場所がある。異形にも当然等しく、代えのきかねぇ命がある。……そんな奴らを簡単に殺して、死なせていいわけがねぇ！　てめぇはそれを理解しても、異形を全部殺し尽くすとかぬかしやがるのか⁉」

辟邪虫の灰と血を真っ直ぐ凝視したまま。逢魔は朝緒の言葉に、一つ間を置いて答えた。

「……ああ、そうだ。それでもぼくは、揺らがない――揺らぐことなど、赦されない。いつか必ず、ぼくはこの手で異形を殺し尽くす」

逢魔は強い視線で朝緒を振り返った。その視線に肌が粟立つも、朝緒は逢魔に殴りかかる勢いで怒りの声を震わせる。

「てめぇ……！」

「待て、朝緒。今はそれどころではない」

雨音が朝緒の肩を強く掴んで制止する。そして、如月屋全員に視線を配った。

「辟邪虫の件で、今回の依頼について更に調査が進展した。たった今知り得た情報も踏まえ、今後の如月屋の方針を改めて決める」

雨音の制止を受けた朝緒は小さく息を吐きながらも、灰塵と血だけになった辟邪虫の遺骸を見つめて、ぽつりと独り言ちた。

「確かに、あの蛇の目模様……やっぱり、妙だよな」

耳聡く朝緒の独り言を拾った雨音が、思いがけずといったように朝緒に振り向いた。

「何？　朝緒、今何と言った？」

「あ？　いや……辟邪虫の身体に、蛇の目模様が浮かんでただろ？　あの蛇の目模様、どうにも妙な妖気の流れを感じたから、気になって。前に会った、巨大化した大百足にも同じ模様があったし」

「蛇の目模様？　そんなの、あたしには見えなかったけど……」

朝緒の答えに弥朔は首を傾げ、雨音は心底驚いたように目を瞠る。

「巨大化した異形に、蛇の目模様か……」

雨音は口を片手で覆って深い思考に耽っていたが、直ぐに視線を上げた。

「幽世には、異形の妖気を意図的に操ることができる〝禁薬〟があってな。それを摂取した異形は体内の妖気が増幅するが、副作用として、膨れ上がった妖気から呪いや邪気まで生じてしまう。故に、禁薬とされている。その禁薬の名は〝蛇ノ目〟。増幅しすぎた妖気の流れが体表に現れ、その模様が〝蛇の目模様〟に見えることから、そう名付けられた。……以前、幽世の医者から、蛇ノ目中毒者は巨大化する事例もあると、噂程度に聞いたことがあったが。まさか……」

「ほう？　何かきな臭ぇな」

雨音の話に、桃は妖しい笑みを浮かべ、弥朔は熱心に頷きながらメモを取る。朝緒もひどく驚愕して、目を大きく見開いた。

「なるほど。朝緒の話を踏まえると、突如現れた巨大異形たちは〝蛇ノ目中毒者〟と考えるべきだろうな。そうであれば、近頃、他の幽世門周辺で発見した巨大異形たちの遺骸に残る膨大な妖気と邪気の残滓についても、辻褄が合ってくる。……それにしても、乱れた妖気の流れとして表れる蛇の目模様は、そこらにいる異形殺しや祓い屋でもなかなか目視することができないものだ。妖気の感知能力が高いお前だったからこその気付きに違いない。よくやった、朝緒」

「え。あ、ああ……」

自分のただの独り言が、そんな話に繋がってくるとは思ってもみなかった。半ば茫然としていた朝緒だが、雨音からの誉め言葉を受け、緩みそうになった口元を片手で覆い隠しながらそっぽを向いた。

「いよいよ、パズルのピースが揃ってきたな？　――それに辟邪虫の恨み言からして、巨大異形と化した〝蛇ノ目中毒者〟たちは何者かによって無理やり蛇ノ目中毒にさせられたって線も出てきた」

桃が的確に今回知り得た情報をまとめながら、血の付いた大刀を振って朝緒たちの輪の中へと入ってくる。桃の言葉に、雨音も頷いて見せた。

「ああ。あの温厚な辟邪虫が、あれほどまでに憎悪に蝕まれていたのを見ると、その可能性が高い」

「蛇ノ目中毒者たちの多くが幽世門周辺に留まっているのは、邪気が流れやすい環境の幽世門に身を置き、体内の邪気を無意識に取り除こうとした結果かもしれませんね」

弥朔もいくつかの資料を取り出して見比べながら、納得したように頷いた。

「……〝蛇ノ目〟は妖気の少ない現世では崩れ去ってしまう、幽世にだけ存在する禁薬。どうやら、幽世にて何かしら不穏な動きがあるようだな。今回の依頼は〝巨大異形の捜索と彼らを幽世に帰す〟ことだが。それを根本的に解決するには、幽世に渡る必要がありそうだ」

人間が幽世へ渡るリスクは、非常に高い。何せ、幽世と現世の隔絶は太古より千年にも亘る。柊連の異形殺しでも、軽い巡察で幽世に渡ることはあるが、幽世の深奥へと足を踏み入れることはないという。

いくら依頼だからとはいえ、現世を守る異形殺しと違って、非政府組織の祓い屋が少数で幽世に渡るのは、通常あり得ないことだ。

本来はここで引くべきなのだろう。しかし、「どうする」と如月屋全員に投げかけられた雨音の声を、朝緒は途中で遮った。

「当然行くに決まってんだろ、幽世。このまま蛇ノ目中毒の死者を出すわけにはいかねぇ。それに、どんな依頼も最後までやり遂げるのが如月屋の流儀だ」

朝緒は一切の迷いもなく鼻を鳴らして、腰に提げている刀の柄を強く握った。異形であろうと、人間であろうと。誰かを助けることに関して、朝緒は躊躇ったことはない。

朝緒の発言に、逢魔以外の全員が微かに目を見開いて朝緒に注目するが、すぐにその全員が小さく噴き出して笑った。

「決まりだな」

「ふ、はは。さすが朝緒。そう言うと思ったよ」

桃はいつの間にか取り出した煙草に火を点け、口角を上げたまま煙をふかす。弥朔は隣にいる朝緒の肘を笑いながら小さく叩いた。朝緒は何故か笑っている如月屋の面々を訝しんで、首を傾げる。

「まったく……店主の俺を超える頑固者がいると、結局はこうなる。ならば、さっそく段取りを整えるか」

仏頂面に浮かんでいた微かな笑みを引き締め、雨音は話を進める。

「幽世に渡る、と言っても。幽世にはさまざまな〝国〟が存在する。まず一番の問題は、どの幽世門からどの国に渡るかだ。蛇ノ目中毒者たちが被害に遭った幽世の国を、あらかじめ見当をつけておかねばなるまい」

雨音の言う通り、幽世には幾つもの〝国〟が点在していた。鴉天狗の国、鬼の国、化け狸の国等と多種多様だ。そして、現世にあるそれぞれの幽世門によって、幽世の国への行き先も決まってくる。

つまり、行き先の国をまず決め、その次には目的の国に繋がる幽世門も探さなければならないのだった。

雨音の話を聞いた朝緒はふと、先日考え至った、とある推測が頭に過る。朝緒は改めて今までのことを思い返しながら口を開いた。

「今までの調査で、何人もの巨大異形の遺体を見て気が付いたんだが、どれも特徴的な甘い匂いがした。あれは虫妖怪特有の妖気の匂いだ。間違いねぇ。一番初めの捜索で出会った異形は大百足、さっき葬送したのは辟邪虫……数少ない生存していた蛇ノ目中毒者の共通点も、虫妖怪だ。たぶん……巨大異形となった蛇ノ目中毒者は皆、虫妖怪なんじゃないか？」

朝緒の発言に真っ先に反応したのは、小さく首を傾げた逢魔だった。

「虫妖怪特有の、妖気の匂い？　……ぼくも異形の妖気の感知は得意だけど。そんなもの、感じたことがない。まず、妖気を匂いで感知するなんて。初めて聞いたよ」

朝緒は思わず「しまった」と内心で零して、反射的に口を片手で押さえようとするが、何とか堪えた。朝緒の妖気の感知能力が高い所以は、密かに妖狐の鼻を使っていることもある。つい、妖狐の鼻で感じたままのことを口にしてしまった。異形に関しては異常に敏感な逢魔には、勘づかれる可能性もある。

冷や汗を滲ませた朝緒だったが、そんな朝緒を気にした風もなく、驚いたように目を見開いた雨音が朝緒の肩を掴んだ。

「それは本当か？　朝緒」

「え。……あ、ああ。あくまで、俺の感知による推測だけどな」

「いや、お前の感知能力は信頼に足る。なるほど、被害者は皆、虫妖怪か。それならば」

雨音の視線が、逢魔に移る。逢魔は軽く頷いて見せると、手に提げていた紙袋を何やらしばらく漁って一枚の古びた地図を取り出し、それを朝緒へと押し付けた。

「話が早い。それが、虫妖怪共の棲み処――〝八束脛国〟へ渡れる幽世門への地図」

押し付けられた地図を咄嗟に受け取った朝緒は、驚愕した目で逢魔を見返す。

「は？　いや、何でさっそくてめぇがそんなもん持ってきてんだよ!?」

「今までの調査が芳しくなかったからな。もしかしたら幽世にも手がかりがあるかもしれんと思って、事前に逢魔に頼んでいたのだ。幽世各国に繋がる幽世門への地図探しという仕事を」

「用意周到過ぎねぇか⁉」

雨音のあまりにも的確に先を読んだ早すぎる行動力に、朝緒は呆れも混じった声を上げた。一方逢魔はやはり気にした様子は微塵もなく、淡々と朝緒たちに告げる。

「明朝、寅の刻。この地図に記してある幽世門を通って来て。ぼくは一足先に幽世にいる」

そう短く残して、逢魔はその場を後にした。

逢魔の背中が遠ざかる間もなく、次は雨音が早口で朝緒たちに言葉を連ねる。

「すまないが、俺も急遽出かけてくる。八束脛国の調査と入国にあたって、まずは八束脛国の国主に許可を得ないといかんからな。とりあえず〝ツテ〟をあたって、事前に国主と交渉しておく。朝緒、今日の晩飯は俺を待たなくていいからな」

雨音は人間だけではなく、異形との人脈も幅広い。おそらく、本当に八束脛国へと入国する前に、あらかじめ国主とある程度話をつける気なのであろう。

雨音もまた、足早にその場を去っていった。

残った朝緒たちは互いの顔を見合わせる。

「えーと。逢魔さんは確か、明日の朝の寅の刻……つまりは午前四時頃に幽世門を通って来いとのことだったよね？　じゃあ、明日は朝の三時頃にあたしたちは如月家で待ち合わせかな」

「はあ~朝の三時……いくら何でも早すぎんだろ。俺の就寝時間じゃねぇか」

「バカ。生活習慣が乱れ過ぎてんだよ、お前は。明日は遅れてくんじゃねぇぞ?」

事情を知らない川堀には、朝緒から連絡を入れることになり。

こうして如月屋は一時、明朝まで解散することとなったのであった。

桃や弥朔と別れ、朝緒が一人で如月家へと帰ってきたのは夕暮れ時だった。

玄関の引き戸に手を掛けて、朝緒は長く深い溜め息を吐き出す。

(幽世に渡るのはいい。が、あの狂犬野郎……幽世で大人しくしていられるはずがねぇ)

朝緒は明朝に幽世へと渡ることを何度も考えては、胸の内にずしりと重く沈む不安を拭えずにいる。それはやはり、逢魔のことであった。

幽世は異形たちの世界。ならば、必然的に異形と出会うことは免れられないこと。そんな時に、あの逢魔が異形を殺しにかからないわけがない。異形を殺すとなれば、何よりも恐ろしい怪物そのものと化する逢魔を、監視役である自分は本当に止められるのか。

(クソ……微塵も止められる気がしねぇ)

逢魔を止める自分自身の姿がどうやっても想像することさえできなくて、朝緒は細かく震える拳を強く握りしめながら、唇を噛んだ。

「あ！　アオ！」

不意に、甲高い声に名を呼ばれて朝緒は物思いから覚めると、声の聞こえた方向を振り返る。すると、こちらに駆け寄ってくる旧鼠の半異形の子どもの姿が目に入った。朝緒は目を丸くして、駆け寄ってきた子どもの目線に合わせるため、その場に片膝をついて屈む。よく見ると子どもは、相変わらず朝緒からのおさがりの服を着ていた。

「お前……！　昨日、引き取り手の人に迎えに来てもらったんじゃ……？」

雨音の広い人脈の中から引き取り手が見つかったという子どもは、昨日、朝緒が巨大異形捜索の仕事中に引き取り手と共に如月家を後にしたと聞いていた。

子どもは、息を切らして朝緒の腕を小さな両手で掴むと、照れたように小さく笑って朝緒に頷いた。

「うん。だけどやっぱり、最後はアオに会っておきたくて……！　おねがいして、連れてきてもらった！」

朝緒は、微かに頬が赤らんだ子どもに、柔く笑みを零して頷き返す。

「そうか……ありがとうな、会いに来てくれて」

「うん！」

子どもが嬉しそうに笑いながら己の背後を指さすと、少し離れた先にあるそこには、目深に帽子を被ったトレンチコートの男が深く頭を下げて立っていた。おそらく、あの男が子どもの引き取り手であり、気配からして異形の者だろう。朝緒も、男に向かって深々と頭を下げた。

子どもは乱れた呼吸を整えると、掴んでいる朝緒の腕を小さく振って、俯きがちに呟く。

「おれ、まだ人間も異形もこわい……こわいものがいっぱいある。それでも、だいじょうぶかな。おれ、ちゃんと生きていけるかな」

心許なさそうな眼をして、子どもは朝緒を覗き込んだ。朝緒は子どもの不安の言葉と、今も己の胸中で渦巻く逢魔への不安の気持ちが重なって、密かに息を呑む。しかし、朝緒は不安など欠片も感じさせないような不敵な顔で、子どもの小さな手を握り返した。

「大丈夫だ。前に言っただろ？　何があっても、何もなくとも。この先ずっと、俺はお前の味方だ。だから、どんなに怖くても、お前には俺がいる。それを忘れるな。んで、それでも怖くて堪んなくなった時は、いつでもここ〝如月屋〟に来い。いいな？」

その言葉はやはり、再び外の世界に踏み出す子どもが、もう一度聞いておきたかった言葉であったらしい。

「……うん！　わかった！　今までいろいろ、ありがとう。アオ」

子どもは、握られた朝緒の手を両手で力強く振って、弾けるような笑みを零した。

朝緒は、そんな子どもの笑顔を見て、胸の奥で軋むような痛みを覚える。

(俺たち半異形が、俺たちらしく生きていける世界。それはきっと、異形と人間が共存できる世界だ。俺は俺らしく、人間にも異形にも正体を隠さず、半異形として生きていきたい——それを目指すには、俺の理想を真っ向から否定してきやがる狂犬野郎なんざに、ビクビクしてる場合じゃねぇ……それなのに、俺は)

そこまで考えて、朝緒は無理やりにでも気持ちを切り替えようと頭を振った。

「あ、あと、もうひとつだけ！　アオにおねがいが……ある」

子どもが、おずおずと朝緒に申し出る。朝緒は、小さく笑って首を傾げて見せた。

「なんだ？」

「えと、その……おれに名前、つけて……ほしい。おれ、親も知らないし。名前、今までずっとなかったから」

朝緒は思いがけない申し出に、大きく目を見開きながら問い返す。

「そんな大事なこと……俺でいいのか？」

「うん。アオが、いい」

子どもは、強い視線で朝緒を見つめる。

「……わかった。それなら、喜んで引き受けさせてもらう」

朝緒は一度目を瞬かせると、力強く頷き返した。そうして、子どもの胸を、トンと拳で軽く突く。

「お前には、お前が思うがままに生きて欲しい。風みてぇに、どこまでも自由に。図太く、お前らしく生きていって欲しい。だから――〝風太〟」

「風太」。それが、朝緒が送る、子どもへの祝福を込めた名前だ。

風太は目を輝かせて、朝緒を見上げる。朝緒はニヤリと不敵に笑うとその場に立ち上がって、くるりと風太の身体を後ろへ回してやり、その小さな背中を押し出した。

「俺は風太の新たな門出を、心から祝う――んじゃ、いってこい。風太」

遠くに立つ、引き取り手の男の方へと押し出された風太は朝緒を振り返って、大きく頷く。

「うん！　名前、ありがとう。おれ、いってくる！　またな、アオ！」

「ああ。またな」

　ぶんぶんと手を振った後、前を向いて歩き始めた風太に、朝緒も片手を腰に当てながら軽く手を振って見せる。しかしふと、風太は何かを思い出したように身体ごと振り返って、後ろ歩きで朝緒に大声で呼び掛けてきた。

「あ。忘れてた……アオ！　さっき、アオを捜してた爺さんがいたぞ！　すぐ、どっかに消えちゃったけど……アオのお店の客かもしれないから、アオも捜してみて！」

「！　……そうか、知らせてくれて助かった！　つーか、ちゃんと前見て歩け、風太。転んじまうぞ！」

「はーい！」

こうして朝緒は、風太とその引き取り手の男を、姿が見えなくなるまで見送った。

だが、見送りが済んだ直後。朝緒は眉を顰めて、低く呟く。

「……俺を捜していたジジイ、か」

朝緒は無性に胸騒ぎがして、勢いよく、背後にある玄関の引き戸を開け放った。

如月家の屋敷の長い廊下を、朝緒は早足で進んでゆく。

全ての障子が開け放たれた広い座敷の前まで来て、ふと、朝緒はピタリと足を止めた。

朝緒は座敷の奥にある縁側を、大きく目を見開いて凝視する。

縁側には、一人の細身の男が座っていた。

うなじで緩く結った、尻にまで届くほど長い白髪。顔も、シャツを捲り上げた腕も、溝のように深く刻まれた皺ばかりだが、それさえも彫刻の如く不思議と美しく思える。

涼やかな顔立ちに、一見麗しい老女とも見間違える、冬の柳のような――老いた男の名は、如月閃。今は如月家を長く留守にしていたはずの、朝緒の養父であった。

閃の姿を目にした途端、固まってしまっていた朝緒はすぐにかっと目を見開いて、閃のもとへと走り出す。

それを予期していたかのように、閃は朝緒を振り返った。

「いい走りっぷりだ。変わらず息災なようだな——朝緒」

「……いつの間に帰ってきやがった。ジジイ」

朝緒は間近で閃を見下ろし、低い声を零す。朝緒の鋭い眼光も、閃は涼しげな双眸で見返した。

「今回は、二年くらいか？　……これでもう、生きてるか死んでるかもわからねぇ放浪は終わったのかよ？」

「ここへはお前たちの顔を見に立ち寄っただけだ。他のみなはおらぬようだが……朝緒の顔が見られただけでも良し。私は間もなく発つ」

「ふざけんな！　こっちはてめぇに言いてぇことがごまんとあるんだよ！」

朝緒は余裕のない声で怒鳴るが、しばらく言葉を探して沈黙する。閃はただただ静かに朝緒を真っ直ぐ見上げ、朝緒の言葉を待ち続けた。

「……なんで。なんで、假屋逢魔を俺に任せるなんてことぬかしやがった。ジジイも、知ってたんだろ？　あいつは……假屋逢魔の異形への殺意は、半端なもんじゃない。しかも、常軌を逸した強さを持ち合わせてる。下手したら奴はいつか……本当に、全ての異形を殺し尽くす。奴ほどの〝異形殺し〟はいねぇ。そんな奴を、なんでよりにもよって俺なんかに任せる……？　わけを、話せ」

朝緒は両手の爪が食い込む程に握りしめ、俯きがちにか細い声で閃に問う。

閃はそんな朝緒を、微かに目を細めて見つめると、老いてなおよく通る芯のある声で朝緒の問いに答えた。

「逢魔を諌め、逢魔と共に戦うのに最も適しているのは……逢魔を恐れながらも、逢魔を真っ向から否定することが出来る、お前しかおらぬと思い至ったからだ」

「は……」

小さく声を漏らして目を瞠る朝緒に、閃は凪いだ声で語りかける。

「朝緒。確かにお前は異形の血を引く者。それが逢魔に知られれば、お前は殺されるやもしれぬ。お前はあの異形殺しが理解できぬだろう。あの異形殺しが、ひどく恐ろしかろう」

閃は、朝緒が心の奥底に隠していた〝本心〟を容易く暴いてゆく。

心情がほとんど表へと出てこない逢魔への、無知ゆえの不気味さ。そして、想像だにしていなかった圧倒的な力で小枝でも手折るように「殺す」と、異形の血を徹底的に絶やそうとする逢魔への、何ものにも代えがたい恐怖感。

（そうだ。俺は、あいつが……假屋逢魔が、何よりもこわい）

ずっと目を背けて逃げ続けてきた、最悪な感情。

逢魔のそばに居れば、半異形である自分もいつか殺されてしまうのではないか。死にたくない。逢魔から、今すぐにでも逃げ出したい。何も理解できない。ただただ、怖い。

そんな、さまざまな恐怖が入り混じった最悪の感情を、改めてまざまざと痛感させられて。朝緒は淡い金色の髪を掻き乱し、俯いたまま絞り出すように閃の言葉を肯定する。

「……ああ。俺はあいつが……こわい。逃げ出したいくらいに……情けねぇ」

「情けなくなどない。お前は現に、逃げたくとも、逃げ出してはおらぬではないか」

閃は首を横に振って立ち上がると、真っ直ぐに朝緒を見据える。

「そのうえお前は、たとえどれだけ逢魔に恐怖を抱いていようとも。あの男に、己の思いの声をぶつけることができる。怒りの声も、ぶつけることができる。怪物としか呼ばれなかったあの男の名を、きっと。はっきりと呼ぶことができる」

朝緒は小さく息を呑んで、僅かに顔を上げた。

「お前の声は、如月屋の誰よりも──何よりも強く。何よりも魂を伝える。そして、お前はそれらの声をしっかりと、己の身体で体現することができる者だ」

珍しく口数の多い閃の数々の言葉に、朝緒は思いがけず大きく目を見開いて閃を見つめる。

「己を信じよ、朝緒」

閃から受け取ったいずれもの言葉が、熱く朝緒の心を震わせる。そうして、〝恐怖〟と〝逃げ出したい自分〟へと立ち向かう、固い決意と成していった。

ようやく背を伸ばして、真っ直ぐ前を見られるようになった朝緒。そんな朝緒を見て、閃は微かに笑みを目元に滲ませ、肩を叩いてやりながら縁側から外に出た。

「最後に。そも、あの子は……逢魔はお前を殺すことなどできぬ。何故なら、朝緒。お前はあのようなケツの青い小童に殺されるような小物ではないからだ」

閃は流し目で朝緒を見やり、艶やかに、妖しく口角を上げる。

「私の子だからな。当然であろう」

その言葉を最後に。閃はまるで風の如く、いつの間にか屋敷を出て行ってしまった。しばらく茫然としていた朝緒は、すぐにはっと我に返ると、転げるように玄関先へと駆け出す。

靴を履くのも忘れて外に出ると、既に遠く、小さくなってゆく父の未だ大きな背中に向かって、がむしゃらに叫びを上げた。

「にしても、逢魔の件！　任せるなら手紙一つじゃなくて、直接俺に頼みにきやがれクソジジイ！　あともっと帰って来い！『ただいま』くらい言いやがれ、アホジジイー！」

閃は、朝緒の声に応えて軽く片手を掲げる。

朝緒には確かに、閃が小さく肩を震わせているのがわかった。

第四章　祓い屋と殺し屋

明朝、午前三時過ぎ。未だ日の光の一筋も差さない、闇に塗りつぶされた真夜中。

朝緒は如月家の玄関先にて、手元から溢れ出るブルーライトの眩しさに目を細めながら、何度もスマホの画面を指で叩いていた。徐々にその眉間には深い皺が刻まれてゆき、朝緒は苛立ちと共に短く息を吐く。

「桃のバカ……！　電話にも出やがらねぇ。完全に寝てるな、これは。クラゲ、そっちはどうだ？」

朝緒の隣に立って、何やら握り拳二つ分ほどの長さをした鳥の羽を持つ弥朔は、首を横に振って見せる。

「ダメ。桃さん、式羽にも反応なし。熟睡っぽい」

「ったく、ふざけやがって。あのヒモ男……仕方がねぇ。時間はかかるが、あのバカに式を飛ばして起こすぞ」

式羽は、式神使いである桃が使役する高位式神の一部であり、式羽を通して使役者や式羽を持つ者と声の伝達ができる代物でもある。如月屋は仕事中にこの式羽を使って、互いに連絡を取り合うことも多い。そのうえ式羽は、力は弱いが式の分身として使役することも出来た。

朝緒は呆れて溜め息を吐き出すと、弥朔の持つ式羽を受け取る。そして、その式羽に細く息を吹きかけた。すると式羽はきらきらと金色の砂のように散って、金毛の雀へと変化する。

「悪ぃな、ガー子。どこにいるかもわからねぇお前の主人を捜して、叩き起こしてきてくれねぇか？」

ガー子と呼ばれた雀は、ピィと鳴いて翼を広げて見せる。

「よし。じゃあ、頼むぞ！　ガー子」

朝緒はガー子に頷いて見せると、腕を振り上げてガー子を飛ばしてやった。

ちなみに「ガー子」というのは、式羽の持ち主であり、桃が使役する高位式神本体の愛称だ。式神の真名は使役者本人しか呼べないため、「ガー子」は桃が名付けた愛称であったが、ネーミングセンスは控えめに言って最悪だと朝緒は思っている。

「朝緒くん、弥朔ちゃん！　落神さん、何か返事はあった？」

ふと、車庫の方から懐中電灯を持った川堀が駆けてきた。朝緒は首を横に振って見せながら、電源を切ったスマホを肩に掛けているショルダーバッグへとしまう。

「いや。あのバカは遅刻確定だ。雨音と俺たちだけで先行くぞ」

「いつものことだ」と言う朝緒に、川堀は心配そうに声を上げる。

「え。本当に待たなくてもいいの⁉　目的地の幽世門、結構距離があるけど……」

「幽世門の位置情報は、メールで送ったし。桃には、バカには勿体ねぇ優秀な式神が何人かついてる。だから移動も問題ない。そう気にすることはねぇよ」

「確かに。桃さん一人なら、ひとっ飛びだからね」

頷き合う朝緒と弥朔を、困惑したように見比べる川堀。そこへ、車庫から雨音の運転する車が出てきた。

車窓を開けて、いつもより着込んだ着物姿の雨音が朝緒たちに声を掛ける。

「桃は遅刻だろう。もう奴のことはいい。皆、車に乗れ。幽世門へ向かう」

「はーい」

弥朔は返事をして助手席に。朝緒も頷きながら川堀が先に乗るようにと、ドアを開けながら顎を振って後部座席を示す。川堀は如月屋面々による桃への扱いの雑さに苦笑を零して、車に乗り込む。

桃を抜いた如月屋一行は、目的の幽世門を目指し。些か危なっかしい雨音の運転で、車を走らせた。

逢魔が探し出してきた古びた地図によると。虫妖怪たちの棲む〝八束脛国〟へと繋がる幽世門は、只人を立ち入らせないために展開された、目隠しの結界で覆われている山の麓にあるらしい。

如月屋一行は結界内へ入る前に車を降りると、目隠しの結界に雨音の結界術をぶつけ、一瞬だけ相殺させることで結界に穴を空けて潜り抜ける。こうして、闇空の中でも薄っすらと稜線が目視できる、外の世界からは不可視であった低い山の中へと足を踏み入れた。

地図が示す場所には、岩壁に大きく開いた洞窟があった。

しかし、奥行は浅い洞窟だ。そして、目的の幽世門の鳥居は、なんと洞窟の天井部から生えるように建造されている。

ゴオッ、と。奥行の浅い洞窟だというのに、強い風が吹き込んでいた。否、風が引き寄せられているのだ——向こう側の世界に。

強く吹き込んでくる風に揺れる髪を押さえて、弥朔は不可思議な光景の中に聳え立つ幽世門を茫然と見上げる。

「これ……いったい、どうやって門をくぐれば……？」

「飛び込むしかねぇだろ。俺が抱えて、一緒に飛ぶか？」

朝緒が、小首を傾げて弥朔に片手を差し伸べる。弥朔は目を見開いて朝緒が差し伸べてきた手と朝緒の顔を交互に見ると、低い声で唸った。

「は？　何その台詞と行動……同人誌にしてやろうか？」

「何でだよ⁉　お前の琴線はいつもわけがわからねぇ！」

「まあまあ、朝緒くん。落ち着いて？」

騒ぎ出す少年少女二人とそれを宥める川堀を後目に、雨音が一歩前に出た。

「俺が足場をつくろう」

雨音は錫杖を真横になるように持って、深く息を吸う。

「如月流　修祓術——籬式〝水母の肉叢〟」

雨音がくるりと手首を捻り、シャランと錫杖を回す。すると、回る錫杖から、まるでシャボン玉のように結界膜がふわりと大きく膨らんで顕現した。

透明な鈍色の結界は、幽世門の手前に着地する。雨音は背後にいる朝緒たちに声を掛けながら、鈍色の結界のもとへと歩き出した。

「この結界を足場としよう。そして、まずは先に俺が幽世に入って安全を確かめる。俺の指笛が聞こえたら、お前たちも来なさい」

そう残して、雨音はポンと結界に乗ると、そのまま幽世門の向こうへと飛び込んで消えてしまった。しばらくして、幽世門の向こうから微かに、指笛の音が聞こえる。朝緒たちは互いに顔を見合わせて頷いた。

「俺たちも行くぞ」

弥朔、川堀、朝緒の順に。如月屋一行は、幽世へと飛び込んだ。

虫妖怪たちの棲み処――八束脛国。そこは、見渡す限り歪な形の岩山で囲まれていた。岩山には無数の洞穴が点々と開いており、中から色とりどりの光が漏れ出していたり、一寸先も見えないほどの闇に呑まれていたりする。

何より、初めて幽世に足を踏み入れた朝緒と弥朔が驚いたのは、八束脛国の中心部の光景だ。目の前には、遥か地底にまで続く巨大な大穴が空いている。大穴の壁面は街のような構造となっていて、下へ下へと下りてゆくほどに派手な装飾や建物のようなものが見えた。壁面の街並みは、虫妖怪たちが行き来しやすいような多数の穴が空いており、人間が造る建造物に少し似てはいるが、朝緒たちから見たら歪な構造に思えた。

そして、その最下層には、地上に出た蟻の巣の如き土造りの城が聳えている。おそらく、あの城こそが国主の城なのだろう。

鈍色の雲が渦巻く空を見上げれば、現世では真夜中であったというのに、幽世は昼過ぎくらいの明るさだ。そういえば昔、雨音から「現世と幽世は昼夜が逆転している」と聞いたことがある。そんなことを、朝緒はぼうっと思い出す。

まさに異世界のような幽世の光景に圧倒されていた朝緒は、背後からかけられた川堀の声によって、ようやく我に返った。

「あ。あんなところに、假屋さんが」

朝緒は驚いた様子の川堀の視線を追って、振り返る。すると、幽世門の鳥居に寄りかかって座っている逢魔の後頭部をすぐに見つけた。

そこに弥朔が、逢魔へと手を振りながら大声を掛ける。

「逢魔さん！　お待たせしました——ってあれ？　何かちょっと、様子が」

逢魔は弥朔の大声にピクリとも反応しない。訝しげに首を傾げた弥朔は、逢魔のもとへと駆け寄って行く。朝緒たちも互いに顔を見合わせながら、その後をついていった。

弥朔が逢魔の前まで来て屈みこむと、目を見開いて呟く。

「逢魔さん……眠ってる？」

「は？　あの狂犬野郎がか？　んなわけ」

朝緒たちも弥朔の後ろから逢魔を覗き込んで、思いがけず目を瞠った。

「……寝ているな」

「寝てますね、假屋さん……しかも、熟睡？」

雨音と川堀も、意外そうな声を上げる。

逢魔は幽世門の鳥居に背を預け、寝息を立てて無防備に眠っていた。

一切の隙も無く、まるで殺し屋のような殺気を纏っている普段の逢魔からは到底考えられない、子どものような寝顔である。

(ていうかこいつ、寝るのか……いや、人間なら当たり前なんだが)

どこか逢魔を人外の如く思っていた朝緒は、半ば感心する思いで、唖然と逢魔の寝顔を見下ろしていた。

「くう～……！　逢魔さんの寝顔、あまりにも美し過ぎでは？　国宝級では⁉　もうずっと眺めていたい……」

「ぐっすり眠ってるところを起こすのは、心苦しいよね。でも、流石にこんな所で眠っていると危ないから。起こさないと」

「ですよね……欲望を抑えろ、あたし……！」

逢魔を何やら拝み始めた弥朔に苦笑を漏らしながらも、川堀は弥朔を諭して逢魔の肩をゆすった。

「假屋さん、起きてください。假屋さん」

川堀が何度も逢魔を呼んで肩を揺らすが、逢魔はビクともしない。続いて弥朔も逢魔の肩をさらに揺すって、大きな声を掛けた。

「逢魔さーん！　如月屋一同、桃さん以外揃いましたよ！　ごめんなさい、起きてください！」

それでも逢魔は、寝息すら乱れることもなく、目覚める気配の欠片も無い。

いよいよ朝緒が痺れを切らし、弥朔と川堀を押しのけて前に出た。

「……ったく、桃にしろこいつにしろ。異形殺しってのは、寝坊助ばっかなのか？　退け。こういうのはな、遠慮なんぞ一切不要。思いっきりやんだよ」

朝緒は逢魔の胸倉を乱暴に掴み上げ、間近で逢魔に耳鳴りがしそうなほどの大声を浴びせた。

「いつまでこんな所で眠りこけてやがる、間抜け野郎！　いい加減ぶん殴られたくなかったら、とっとと起きろ！　逢魔ァ！」

想像以上の大声量に、川堀は眩暈を覚えたようにふらつき、常日頃から慣れている雨音と弥朔は耳を塞ぐ。すると、逢魔は瞳を閉じたまま、目にも留まらぬ疾さで朝緒の胸倉へと掴みかかった。

朝緒はびくりと身体を揺らすが、逢魔の胸倉から意地でも手は離さない。しかし、逢魔の方はようやくぱちりと灰色の目を開けたかと思うと、すぐに朝緒の胸倉から手を離して、小首を傾げて見せた。

「なんだ、きみか」

拍子抜けするような寝起きの第一声に、朝緒は更に怒鳴りつける。

「ああ⁉　なんだとは何だ！」

「うるさい、邪魔。さっさとそこ退いてくれる？」

「てめぇ、それが他人様に起こしてもらった態度か……⁉」

「はい、そこまで！　とにかく逢魔さんが起きてくれて良かった」

相変わらず口を開けば一触即発な空気となる二人の間に弥朔が入ってきて、無理やり引き離す。目覚めた逢魔の姿に息を吐くと、雨音は朝緒の声にやられた川堀を休ませようと、川堀を連れて少し離れた場所へと移動した。

朝緒はようやく立ち上がった逢魔へ、それでもまだ足りないとばかりに文句を垂れる。

「だいたい、何でこんな所で爆睡できんだ、てめぇは。ここは幽世だぞ？　危機管理能力ってもんは存在しねぇのか」

朝緒の言葉に、逢魔は淡々と答えた。

「ああ。ぼく、夜から夜明けまでの暗い時間帯――つまり、暗闇に弱いんだ。暗くなると死ぬほど眠くなる。そういう体質。ぼくが現世から幽世に渡ってきた時は、幽世は夜だったから。そのまま寝てた」

「！」

朝緒は一瞬、己の耳を疑った。

（だからこいつ、現世で動けるうちに一人で先に行ったのか……？）

そう言われてみれば確かに、暗い時間帯に逢魔を見かけたことは今まで一度も無かったし、夕暮れに近づくほど顔色も悪かった気がする。

まさか、完璧超人の殺し屋だと思っていたあの逢魔に、そのような弱点があるとは。しかも、それを自分から明かすなんて。逢魔の弱点は若干ではあるが、朝緒の祓いの御業が使えない弱点とも似ているように感じる。

朝緒は初めて、逢魔という存在に親近感に近いものを覚えてしまって、絶句したのだった。

軽く口を開けて驚愕している朝緒のことなどつゆ知らず、逢魔は欠伸を噛み殺しながら平然と呟く。

「いつも二十時までには寝てるくらいだし」

「お子様か⁉」

未だに信じられない思いで声を上げる朝緒に、逢魔は珍しくムッとした表情を微かに滲ませて朝緒に言い返した。

「きみもぼくと似たようなものでしょ。祓いの御業、夜明け前の時間帯しか使えないんだから」

朝緒はいつの間にか自分の弱点を把握していた逢魔に、ぎょっとした声を漏らす。

「な!?　……んでそれを……」

「落神に聞いた。無駄に早起きな年寄りみたいだって言ってたよ」

「あのクソヒモ男、後でしばく」

朝緒は桃をしばき倒すことを心に決めながらも、かつて自分が祓いの御業を使えないという弱点を知って嘲笑ってきた異形殺しや同業者たちを嫌でも思い出して、片手で髪を掻き乱す。

「ああ!　もう、いい!　そうだよ、俺は平常ほとんど祓いの御業が使えねぇんだ。笑いたきゃ笑え」

やけくそに開き直った朝緒に、逢魔は首を傾げる。

「?　別に笑うことはない。それに、そういう所は唯一ぼくときみが似ている所だし。って、さっきも言った」

逢魔は何てことないように、そう言った。

朝緒は逢魔が自分と同じようなことを考えていたことに、またもひどく驚愕する。

あの、一生かかっても「理解できない」「理解し合えない」と思っていた逢魔が、自分と同じような思考をするなんて。

「そういえば、逢魔。お前とは早急に話したいことがあるんだが」

「雨音。なに?」

逢魔がするりと朝緒の前を横切って、雨音の方へと向かってゆく。

朝緒は自分の弱点を笑うことも憐れむこともなかった逢魔に、むず痒いような形容しがたい感情を覚えた。

朝緒と逢魔の一連の会話を黙って聴いていた弥朔は、思わずといったように顔を綻ばせながら、顔を顰めている朝緒を覗き込む。

「ちょっとだけ。逢魔さんと仲良くなれたんじゃない？　朝緒」

「……なってねぇよ。微塵も」

八束脛国に入国後、店主である雨音は桃たちと共に入国の挨拶として国主に会いに行く予定である。国主より、城に入ることができる人数は指定されてきたため、朝緒は雨音とは分かれて、逢魔たちと待機することになっていた。

「あらかじめ決めていた通り。国主殿のもとへは、俺と弥朔、桃の三人で向かうことにする。それと今一度確認しておきますが、川堀さん。あなたは同行しないということで、本当によろしいのですね？」

雨音の問いに川堀は両手を上げて、申し訳なさそうに首を縦に振った。

「はい。依頼人の俺が行かないのも、どうかと思うのですが……その。流石に異形の居城に行くには、どうしても不安やら恐怖心が勝ってしまいまして。申し訳ありません、情けなくって……」

「いえ。それは当然のことです。お気になさらず。それではやはり、俺たち三人で国主殿の下へ参ろう……といっても、最後の一人が未だ遅刻しているがな」

その後、朝緒たちは電波など繋がらない幽世内での唯一の連絡手段である式羽から、ようやく連絡を寄越してきた桃をしばらく待つこととなり、幽世門の前にて各々待機していた。

「朝緒」

雨音が朝緒を呼びながら、こちらに歩いてくる。朝緒はその声に振り向いて、雨音に答えた。

「なんだ？　あのヒモ男、もう着くって？」

「いや。桃はもうしばらく到着は遅れるだろう。それより、国主に見える前に、お前へ預けたいものがあってな」

どうやら如月屋が二手に分かれる前に、朝緒へと渡しておきたいものがあるらしい。

そうして、雨音が差し出してきたものに、朝緒は目を瞠った。

「これ……逢魔の銃か？」

「ああ。流石に、幽世で異形を害悪異形と見なし、所かまわず殺傷能力の高い銃で攻撃されていては八束脛国の国主に顔向けができんからな。逢魔には渋られたが、何とか預からせてもらった」

雨音の手にあったのは、逢魔が愛用している二挺拳銃であった。そういえば、さっきから妙に逢魔の機嫌が悪そうだったと、その理由が判明して朝緒は納得する。同時に朝緒は、雨音へと首を傾げて見せた。

「確かに銃を取り上げたのは正解だな。だが、何でそれを俺に？」

「朝緒が一番、逢魔と共に行動する時間が長いだろう。もしも、不測の事態に陥った時には、躊躇わず逢魔に渡してやってくれ。逢魔は異形に過激的ではあるが、こちらを守ってくれる分には心強い。それに――」

朝緒は雨音から二挺拳銃を受け取ると、小さく息を吐いて雨音の言葉の続きを代弁する。

「逢魔は俺が止めればいい。だろ？」

「……ああ。逢魔の監視兼補佐役も、板についてきたようだな」

「うるせぇ。こっちはいい迷惑だ」

受け取った二挺拳銃を地に置くと、朝緒はショルダーバッグから雨音特製の呪符を取り出して、それを二挺拳銃にかざす。すると、二挺拳銃はずるりと呪符に吸い込まれ、収納された。二挺拳銃の呪符を懐にしまいながら立ち上がった朝緒は、ふと、視界の端に人影が映った気がして、振り向く。

「……？」

朝緒は目を細めて振り向いた先を凝視する。そして、遠くに赤い着物が目を引く、少女の姿を見つけた。

少女は人形の如く棒立ちのままこちらを見つめているが、その眼はどこを見ているのかわからないような、酷く虚ろなものに思えた。小さな口も軽く開きっぱなしで、何となく少女の様子がおかしいことを朝緒は悟る。

ここは幽世。おそらく異形なのだろうが、少女は覚束ない足取りで岩陰へと歩いてゆく。朝緒はどこか異様な少女を訝しんで、気が付けば咄嗟に少女のもとへと駆け出していた。

「？　どうかしたのか、朝緒！」

「一人、子どもがいた！　少し見てくる！」

雨音の問いへと背中越しに答えながら、朝緒は駆ける足を速めた。

少女が岩陰へと消え、朝緒はその後を追おうとする。しかし、不意に朝緒を巨大な影が覆った。

（！　……妖気。何だ⁉）

朝緒は頭上から何かが迫ってきていることを瞬時に察し、足を止めて咄嗟に後方へと飛びずさる。

ドォン！　と。大地が割れる音が墜ちる。なんと頭上から降ってきたのは、巨大な蜘蛛の妖怪であった。少女の消えた岩陰と、朝緒の間を遮るように降り立った蜘蛛妖怪は、何故か固まったまま動かない。ただならぬ轟音を聞いて、他の如月屋の面々もすぐに朝緒のもとへと駆けつけた。

一番に朝緒の隣へと辿り着いたのは逢魔。その後に雨音が続き、雨音は冷静に朝緒へと短く尋ねる。

「何があった？」

朝緒は蜘蛛妖怪から注意を逸らさぬまま、雨音に答えた。

「そこに子どもがいたんだ。どうにも具合が悪そうだったから、そいつに話を聞こうとここまで来たら、いきなりこの蜘蛛妖怪が降ってきた！　しかも、こいつ……蛇ノ目中毒者だ」

朝緒は蜘蛛妖怪の体表に、確かに蛇の目模様が浮かび上がっているのを目にして、表情を険しくする。

「そうか。現世だけでなく、ここでも蛇ノ目中毒者に出くわすとなれば。やはり、八束脛国に……」

雨音の言葉を遮るように、突然蜘蛛妖怪はぞろぞろと足を蠢かして、こちらを振り返る。併せて、水泡のようなものを朝緒たちに鋭く吹きつけてきた。逢魔は身体を逸らすだけで躱し、朝緒と雨音は素早く左右に跳んでそれを避ける。地面には多分に水を含んだ、粘着性の強い糸の塊がこびりついていた。

「あれは、水蜘蛛」

逢魔によると、あの蜘蛛妖怪は「水蜘蛛」という妖らしい。逢魔はスーツの下のホルスターに手を伸ばしかけるが、そこに銃がないことを思い出したようで、すぐに手を止めて小さく息を吐くと、朝緒と雨音に一瞥を寄越す。

「あれ、もう害悪異形でしょ。ぼくが殺す」

「バカ！　柊連の掟じゃ、幽世での異形殺し行為はご法度だろうが！　それだから謹慎処分になるんだよ！」

水蜘蛛のもとへ駆け出そうとした逢魔の腕を引っ掴んで、朝緒が無理やり引き留めた。

「あと、何てめぇ一人で戦る気になってんだ。ちったぁ待ちやがれ。まず、幽世で一人でも異形を殺しちまったら、国主の信を失い、調査ができなくなる。それに、あの水蜘蛛は蛇ノ目中毒者だ。仕事として、鎮静化して保護するに決まってんだろ。いい加減わかれ、逢魔！」

「ぼくは異形殺し。掟だろうが何だろうが、異形殺しは何よりも優先して、人にあだなす害悪異形を殺さなければならない」

逢魔が朝緒の手を振り払って、冷たく言い放つ。しかし朝緒は、苛立ちのままに片手で髪を掻き乱しながら、逢魔に荒々しく言い返した。

「ああ、クソ！　……っんの狂犬野郎が！　じゃあもういい！　とにかく手を貸せ！」

手を貸せ。朝緒の口から飛び出した、思ってもみなかったのであろう言葉に、逢魔は朝緒を振り返る。

「てめぇは狂犬クソ野郎だが、今は一応如月屋の従業員だ。如月屋は緊急事態時、連係戦でやるのがルール。如月屋のルールってもんをここで教えてやる、ド新人」

「……なに？　どういうつもり？　きみが何しようとしても、最後にぼくは異形を殺すけど」

朝緒は逢魔のネクタイを締め上げながら、強く掴む。その指がやはり微かに怯えていることを逢魔は感じ取っていたようだが、構わず朝緒は堂々と逢魔を睨み上げた。

「うるせぇ。俺が殺させねぇっつってんだ、クソ馬鹿ド新人」

朝緒は低く唸って、逢魔のネクタイを乱暴に突き放す。逢魔は朝緒の「ド新人」という煽り文句にほんの少し柳眉を動かすと、灰色の目を鋭く細めて、ネクタイを締めなおした。

「やってみろ」

朝緒よりも低い逢魔の返しに、朝緒は鼻を鳴らすと、雨音を振り返って目配せを送った。弟の意図を瞬時に理解したのだろう。雨音は素早く頷いて、たった今駆けつけてきた川堀と弥朔も加えた全員に指示を出す。

「水蜘蛛の鎮静化は朝緒と逢魔に任せた！　そして、鎮静化した後の水蜘蛛は俺が一時封印する。弥朔は朝緒のサポートだけに集中しろ！　川堀さん、あなたには朝緒が見かけたという、子どもの保護をお頼みしたい」

　雨音の指示にそれぞれが頷くと、まずは配置につくため、あちこちに水泡を吹き飛ばしている水蜘蛛から距離をとった。

　朝緒と弥朔、逢魔の三人は、封印の準備をしている雨音と水蜘蛛を挟んで向かい側に立つ。

「クラゲ、祝詞は簡易版でいい。ちゃんとした準備も無しにあんまり神気を纏うと、お前に負担がかかる」

「うん、わかった」

　朝緒は短く弥朔に言いつけると、腰に差している刀の一本を鞘から抜く。それは、刀身の無い刀であった。逢魔は朝緒が抜いた、刀身の無い刀を見て訝しげに首を捻る。そんな逢魔のもとへ、弥朔が駆け寄っていった。

「あれは朝緒専用の、神気を顕現させる刀——神凪刀です」

「カムナギトウ？」

「はい。平常ではほとんど祓いの御業を使わない朝緒には、バフ要員のあたしが付与することができる〝鎮静〟の特性を持つ神気を纏って、たまに仕事に活用してもらってるんです」

つまり、朝緒は弥朔がそばにいる場合は、弥朔の力を借りてあの刀身の無い刀に神気を顕現させ、祓いの御業の代わりに使うこともあるのだ。

こそこそと逢魔に解説を入れていた弥朔に、朝緒は小さく息を吐きながら半眼で声を掛ける。

「おい。そいつへの解説はいいから、さっさとやるぞ」

「はーい。喜んで」

「ふざけてんなよ、クラゲ」

「ふざけてないってば」

朝緒と弥朔は並んで立つと、まるで事前に示し合わせたかのように二人同時に目を伏せて、構えの姿勢をとった。

「我ら空蟬の子。大神の息吹より出でし衣を纏うことを此処にお示し白す——奏上せよ」

弥朔が始まりの祝詞と共に一つ柏手を打ち鳴らして目を見開くと、その双眸には〝鎮静〟の濃い藍色の光が湛えられていた。藍色の軌跡を鋭く描いて、弥朔は朝緒に視線を向けてくる。続いて朝緒が、祝詞を唱えた。

「諸諸の禍事、罪、穢、有らむをば祓へ給い、清め給へと白す事を聞し召せと。畏み畏みも白す」

祝詞と共に、朝緒の神凪刀から、黒に近い藍闇の色をした神気の刀身が顕現する。祝詞を唱え終わった朝緒は目を開けると、神凪刀を軽く振るって、逢魔に一瞥を寄越した。

「待たせた。行くぞ」

朝緒と逢魔は、水蜘蛛のもとへと風を切って駆け出した。

朝緒よりも前に出た逢魔に、朝緒が短く指示を出す。

「てめぇは奴の注意を引き付けて足を崩せ。俺が頭を狙う」

「きみに命令されるとは。不快だ」

「うるせぇ、黙ってやれ。それとも、できねぇと泣き言ぬかすのか？」

「……本当に癇に障る」

如何にも不満げな逢魔は朝緒でも追いつけないほどの速さで、水蜘蛛へと迫った。逢魔に気が付いた水蜘蛛は、連続して水泡を撃つ。逢魔は何発も放たれてくる水泡を目にも留まらぬ速さで躱しながら、次に大きく振り上げられた水蜘蛛の足へと狙いを定めた。

ドン！　と水蜘蛛の足が逢魔のいた地面に突き立てられる。寸前で逢魔はその攻撃も躱すと、突き立てられた水蜘蛛の足を足場にして軽々と登ってしまい、トンと宙に跳躍する。そのまま、落下の勢いに回転をつけて、渾身の踵落としを水蜘蛛の膝節へ喰らわせた。すると、水蜘蛛の膝節は砕け、足が倒れてゆく。

逢魔は倒れゆく足を飛び台にして、後ろ足へと飛んだ。そこからは、瞬く間も無かった。後ろの三本の足も、それぞれ強烈な拳や膝蹴りを的確に膝節へと叩きこんでゆき、水蜘蛛の右半身の足が全て崩れる。

逢魔によって完全に右半身が沈んでしまい、身動きが取れなくなったところで、水蜘蛛の間近に迫る朝緒がその頭部へと跳んだ。

「如月流祓魔術――浄式〝蛾眉の涙〟」

朝緒の神気の刃が、音も無く水蜘蛛の額に刺さった。朝緒は刀を突き刺したまま持ち手を変え、水蜘蛛の腹の先まで走り抜ける。朝緒と共に、水蜘蛛の全身を藍闇色の光線が縦断した。

朝緒が地に降り立ち、神凪刀を鞘に納めるのと併せて、どすん、と重い音を立てて水蜘蛛が地に倒れる。

「フ――……」

朝緒が深く息を吐き出して水蜘蛛を振り返ると、水蜘蛛はしっかりと呼吸をしており、切り口のようになっていた神気の軌跡も消えている。既に、弥朔が朝緒に纏わせた神気によって深い眠りについているようだった。

それを確認した朝緒は、水蜘蛛の周りを駆け回っていた川堀に大声で呼び掛けた。

「飛！　子どもは保護できたか!?」

「いや、それが……異形の一匹も、どこにも見当たらない！　とっくに逃げちゃったのかも！」

どうやら、先ほど水蜘蛛と遭遇する前に見かけた赤い着物の少女は、もうどこにも見当たらないようだった。

（あの子ども……どうにも様子がおかしかった気がする。俺の気のせいか？　それにしても、無事に逃げられたのならいいが）

朝緒は何か胸につかえるものを感じながらも、小さく息を吐く。

しかし、水蜘蛛を鎮静化させてほっとしたのも束の間。逢魔が水蜘蛛の頭部へと近づき、固く握った拳を振り上げようとしていた。逢魔には銃がなかったが、朝緒は逢魔の行動の意図をすぐに察した――殺すつもりだ。

「あのバカ……！」

朝緒は水蜘蛛の身体の上を逆戻りするように走り抜けると、水蜘蛛の頭部にいる逢魔に向かって飛び蹴りを放った。死角から飛び出してきた朝緒であったが、逢魔は難なく朝緒の蹴りを片腕で受け止める。

「んの、野郎が！」

だが、朝緒の蹴りは存外重く、逢魔は水蜘蛛から離れた場所へと弾き飛ばされた。軽く宙を跳んだ逢魔は、くるりと回転して綺麗に地面へと着地する。

「今度こそ、止める……！」

朝緒はそのまま逢魔に向かって駆け出し、拳を固く握る。

「きみ、本当にいつも……邪魔してくるな」

僅かに眉をひそめた逢魔から、強烈な殺気が立ち上る。殺気を受けた朝緒は全身からさあっと血の気が引いて、腹の底から恐怖が押し上がってくるが、それにも構わず逢魔へと拳を振り上げた。逢魔も朝緒を迎え撃つため、低い位置で拳を構える。

「おい、假屋。おまえ煙草の火、持ってない？」

耳慣れた、男の低い声が聞こえた。

ふと、瞬きをしたほんの一瞬。その刹那にいつの間にか、拳を交わそうとした朝緒と逢魔の間に、桃が割って入っていた。火のついていない煙草を咥えて、目の前に立ちふさがった桃に、逢魔が引いた拳を構えたまま目を細める。

「……なに。落神」

「だからさっきから言ってんだろ。煙草の火、くれ」

桃が低い声を漏らして、咥えた煙草を揺らす。桃を睨み上げていた逢魔は、呆れたような溜め息を吐き出すと、構えた拳を下ろした。

「落神は腹が立つ男だ。アオの次くらいに」

「何だよ。そんなに褒めても何も出せませんが？」

「うるさい。……ぼくにも煙草、ちょうだい」

「えー。おまえ、俺のと銘柄違うだろ」

「たまにはいいでしょ。きみもぼくの煙草、よく吸ってるし」

突如現れた桃は、渋々と逢魔に煙草を一本渡した。逢魔は慣れた様子で懐から取り出した銀色のオイルライターの火を、カチンと鳴らして桃に差し出す。ついさっきまで一触即発の空気だったはずの二人は、一緒になって煙草をふかしている。

朝緒はその妙な光景に呆気にとられながらも、ようやく振り上げていた拳を下ろした。

「朝緒、逢魔さん！　水蜘蛛の鎮静化、ありがとうございます！　雨音先生の封印も終わったみたいです」

そんなところに、遠くから大声を上げながら弥朔が走ってきた。弥朔の声を聞いた朝緒は、背後にいる鎮静化した水蜘蛛を振り返る。弥朔の言う通り、水蜘蛛には雨音による「水母の肉叢」の結界を応用した封印術が施されていた。

雨音の封印を確認した朝緒はようやく肩の力を抜くが、すぐに、未だ微かに震えている手を固く握りしめた。

（まだ逢魔の殺気に、怖気づくか……桃がいなかったら、俺がちゃんと止められていたか、わからねぇ）

一応、今回は運よく逢魔のことは何とか止められたものの。朝緒は未だ己の力不足を痛感させられており、不安は残る。しかし、頭を激しく振って、気持ちを切り替えるように。

朝緒は煙草をふかしている逢魔を横目で睨み、再び心に深く誓うのであった。

（……次があった時は、何があろうと。俺の手で、絶対にあいつを止める）

遅刻していた桃も到着し、ようやく如月屋の従業員全員が揃った。水蜘蛛の封印を終えた雨音は、水蜘蛛から離れた位置に集まりつつあった朝緒たちの方へと向かって早足で歩いてくる。

「遅刻した馬鹿者も到着し、ようやく全員揃ったところで。あの〝蛇ノ目中毒の生存者〟について、詳しく調べたいところだが。お客がいらしたようだ」

何やらその場で立ち止まった雨音が、深々と頭を下げて見せる。朝緒たちは雨音が頭を下げた方向に視線を移すと、そこには虫の翅が生えた小男が同じように頭を下げて立っていた。

小男は甲高い声で、頭を下げたまま早口で喋る。

「如月屋の皆様とお見受けいたす。拙者、八束脛国が国主、緒土様の遣いとして参りました。緒土様が城にてお待ちです。拙者が皆様を、緒土様のもとへご案内致しましょう」

如月屋には、入国にあたっての挨拶のため、国主からの迎えが来るようになっていた。その迎えのための遣いが、ようやく到着したのであろう。

「迎えにお越しいただきありがとうございます。すぐに参ります……弥朔、桃」

雨音に呼ばれて、同行することとなっていた弥朔と桃が、雨音と共に小男のもとへと向かう。

「川堀さんのことと、水蜘蛛の守りは任せたぞ。朝緒、逢魔」

その場に残ることになっている朝緒と逢魔を振り返った雨音に、朝緒は力強く頷いて見せた。

「おう。お前たちも、気を付けて行ってこいよ」

こうして、雨音と桃、弥朔の三人は国主の城へと向かったのだった。

それ以外の、朝緒と逢魔、川堀の三人は保護した水蜘蛛の封印を見張るため、幽世門前に残ることとなる。

雨音たちが八束脛国の大穴の底にある城へと向かって、しばらく経ち。地面に並んで座って水蜘蛛を見張っていた朝緒と川堀だったが、ふと川堀がそばに置いていた幾本もの柊の枝を持って立ち上がった。

「俺、水蜘蛛の周りに柊を差してくるよ。もしかしたら、他の異形が寄ってくるかもしれないから、彼らが不用意に封印に触らないように。それと、朝緒くんが見かけた女の子についても気になるから……俺、近くを改めて捜してみるね」

祓いの力が強く込められた柊は、川堀が独自に持参してきたものだった。確かに、他の異形が水蜘蛛の封印に触れて雨音の封印術が揺らぐ可能性もある。朝緒は川堀の言うことに頷いて、同じく立ち上がった。

「なら、俺も手伝う」

「いや、俺一人で十分だよ。……それより朝緒くんは、その。假屋さんの様子を窺ってみてくれない？」

川堀が心配そうな顔をして、朝緒の背後に視線を移す。朝緒も苦々しい顔をしてそちらを振り返ると、遠くでもう何本も煙草を吸っては、携帯灰皿を取り出している逢魔の後ろ姿があった。

朝緒は軽く頭を抱えて、長い溜め息を吐き出す。

「俺で何とかなるとは思えねぇが……わかった。とりあえず、行ってみる。悪いな、飛。色々と気にさせちまって」

「ううん、全然！　むしろ俺、同じ柊連の人間なのに……假屋さんのこと、全然わからなくて。朝緒くんだけに任せてごめん……」

「飛は何も悪くねぇよ。逢魔のバカが面倒くさ過ぎんだ。じゃ、そっちは頼む」

「うん、任せて」

朝緒は軽く川堀に手を振って見せて、逢魔のもとへと向かう。

逢魔は何やら、何本目かもわからない煙草を変わらずふかしながら、微かに黄色味がかってきた幽世の空を一心に眺めているようだった。

逢魔の隣に並んだ朝緒は、逢魔の横顔を盗み見るが、手で口元を覆って煙草を静かに吸っている逢魔は、いつもの無表情とそう変わらないように思える。異形を殺し損ねて、もっと不機嫌になっているのかと朝緒は予想していたが、意外にも外れたらしい。

やはり逢魔は、異形を殺すこと自体は本望ではないのであろうと、朝緒は思う。

朝緒は逢魔から少し距離をとって隣に並ぶと、顔も向けぬまま逢魔に声を掛けた。

「もうすぐ幽世は夕暮れ。逢魔が時……名前からして、まるでてめぇの時間だ」

「うん。そろそろ、眠くなってきた」

朝緒に答えた逢魔によると、もう既に逢魔は眠気が出始めているらしい。それにしてはどうにも、逢魔には己の弱点を隠す気はさらさらないように見える。幽世門で無防備に眠っていたことにしろ、どこか逢魔は生への執着というものが薄い気がした。

「もう眠くなるのか。何というか、てめぇは……隙が無いようで、弱点は容易に晒しやがるな。死にたがりかよ」

皮肉も込めて、朝緒は逢魔へと鼻を鳴らして見せた。逢魔は一つ間をおいて、煙草をふかしながら口を開く。

「……別に、死にたいとは思ってない。異形を全て殺し尽くすまでは、死ぬつもりはないし。生きる目的も、いくつかある。……きみは、見たことあるんだろうけど。〝ルール・ブルー〟って知ってる？」

珍しく口数が多い逢魔は、どこかぼんやりしているように見えた。夕暮れ時の薄暗闇が近づいて出てきた眠気に、そうさせられているのかもしれない。

逢魔の問いに、朝緒も逢魔に倣って空を見上げながら首を傾げる。

「ルール・ブルー？　何だそれ」

「夜明け前に、空が濃い青色に染まる時間帯のことだよ。……母が、一番好きな時間だといつも言っていた」

逢魔の口から出てきた「母」という単語に、何となく朝緒は驚いた。こんな、人間離れした人間にも、当然母親はいるのだ。そのうえ、母という存在をほとんど知らない朝緒には、非常に新鮮な話に思えた。

それに朝緒は、逢魔の言う「ルール・ブルー」の空はいつも仕事で見ているので、得意げに逢魔へと答える。

「へぇ。それなら、数えきれないほど見たことあるな、俺は。この不便な体質上、祓いの力が高まる夜明け前に仕事することがよくあるもんだから」

「やっぱり。ぼくは、空が真っ赤に染まる夕焼けは見ることができても。真昼の空よりも、もっと鮮やかな青に染まる夜明けの空は、この体質上見たことがない」

逢魔は思いを馳せるように、目を伏せていた。

「いつか、死ぬまでには一度だけでも見てみたいと思ってる。ルール・ブルーを」

朝緒は現在、心の中で今までにないほど驚いていた。

あの逢魔と、普通に話が通じている。あの「異形を殺し尽くす」ことしか頭にないのかと思っていた逢魔にも、たまには思い出す母親がいて。いつか見てみたいと思う景色があって。人間らしい、当たり前の情緒を持ち合わせている。

自分は本当に、逢魔のことを何も知らなかったのだと思い知るのと共に。今なら、何かしら逢魔と共有できる考えがあるのではないか。

一欠片だけでも、理解し合えるのではないか。朝緒はそう思い至って、この機にしっかり逢魔と話をしてみようと、単刀直入に尋ねた。

「なあ。てめぇは、なんで……異形を殺すことに、そこまで執着してる？」

口にしたそばから、答えが返ってこないことを覚悟した。

しかし逢魔は、煙草をふかしてすんなりと答える。

「母は、異形に殺された」

逢魔のたった一言に、朝緒は一瞬息ができなくなった。

「そしてぼくは、母を殺した異形に育てられた。異形による母の死に様、ぼくが異形と共に生きた時間は……ぼくたちが異形共から受けた仕打ちはまさに、地獄そのものだった」

そんな朝緒にも構わず、逢魔はいつもと変わらぬ無表情で淡々と語ってゆく。

朝緒は一度止まってしまった思考を何とか回して、逢魔の話を理解しようと必死になって耳を傾けた。

逢魔が懐かしそうに言っていた「ルール・ブルーが好きな母」は、既に異形に殺されてしまっていて。逢魔は、母を殺した異形に育てられ、今に至る。

逢魔の想像を絶する生い立ちに、朝緒は全身が冷えていくような気がした。

「ぼくが暗闇に弱いのも、異形共に植え付けられた……トラウマ？　みたいなものに似てる。暗闇の中に閉じ込められて、大勢の奴らに折檻される時が、一番嫌だった。まあ、おかげで痛みには慣れたけど」

逢魔は何てことないように語るが、それは尋常ではないことだと朝緒は思った。

朝緒は逢魔の話から、逢魔の育った環境を想像する。

暗闇の中、数えきれないほどの耐え難い苦痛を異形たちから受け続けるうち。逢魔は暗闇の間は意識を飛ばして眠ることで、それらの苦痛から逃れたかったのかもしれない。その習慣が身体に染みついてしまったが故の、「暗闇の間は眠ってしまう」という弱点。朝緒は密かに、そんなことを察した。

無意識に唇を噛んで、朝緒は隣にいる逢魔に目を向ける。

「異形共に心を。魂を壊され、ただの肉塊となって死んでいった母を見て、確信したんだ。

ぼくは、遍(あまね)く異形共を殺し尽くすために産まれたのだと。異形を殺してゆくことこそが、ぼくの生きる時間なんだって」

それを語る逢魔の横顔は、ひたすらに真っ直(す)ぐで。恐(おそ)ろしいほど、純粋(じゅんすい)に見えた。

朝緒は思わず、ぽつりと呟(つぶや)く。

「……そこまで、俺に話してよかったのか」

逢魔は流し目で、朝緒を短く一瞥(いちべつ)した。

「聞いてきたのはきみだろ。それに少し、見たくなった。ぼくを知ったうえで、ぼくの生きる時間を否定するきみが、どんな死に方をするのか……あの人と同じきみも、犬死にするのか」

朝緒は、己(おのれ)の中にある逢魔への何ものにも代えがたい恐怖心(きょうふしん)が更(さら)に深まるのと同時に。

やはり、何か得体の知れない感情が芽生えるのを確かに感じた。

逢魔は朝緒から視線を外して、細く煙(けむり)を吐(は)き出す。

「きみは、どうなの」

「あ？」

「きみは何故(なぜ)、人間でありながら異形に肩入(かたい)れする」

次は、逢魔が朝緒へと問うてきた。朝緒は、引いていた顎(あご)を微(かす)かに上げて、逢魔を真っ直ぐに見つめながら答える。

「俺は異形に肩入れしてんじゃねぇ。俺にとっては、人間も異形も、等しく同じ存在だ。困っている誰かがいたら、俺は俺にできうる限り、誰であろうと他者を助けてぇと思ってる。それだけだ」

「そう。改めて、きみが甘いバカなのは解った。だけど、これだけは否定する——人間と異形は等しくない。確かに、両者は似ているところもあるけど。全く異なる存在だ」

逢魔は間髪を容れず、朝緒のことを解ったと言いながら、最後には否定した。

その時、朝緒はやはり逢魔とは一生「理解し合えない」のだろうと、漠然と思い至る。

しかし、逢魔のことは一欠片だけでも、理解することができた。

雨音たちは、八束脛国国主の城が中枢——〝土隠の間〟と呼ばれる広間へと通されていた。

国主はまだ姿すら現しておらず、雨音たちは土造りの床に背筋を伸ばして座している。

広間には、無数の虫妖怪たちが犇めき合って、雨音たちを監視していた。虫妖怪たちには明らかに警戒色があり、数多の視線が雨音たちの一挙一動を見逃すまいと鋭く突き刺す。

身体を強張らせ、雨音の後ろで正座している弥朔は、肌が痛くなるような大勢の異形たちの鋭い視線に晒されて息をするのも苦しいようだった。

一方、美しい姿勢で正座している雨音と弥朔とは大きく違い。桃は胡坐をかいた上に口が寂しいのか、火のついていない煙草を咥え、プラプラと呑気に揺らしている。

桃は煙草を指で摘まみながら、隣で固まる弥朔に流し目で視線を寄越した。

「もうちょい肩の力抜け、クラゲ。そこらにいるのは全部雑魚。万が一襲い掛かって来ても、クラゲなら余裕で蹴散らせる」

「え。そうですかね。……でもやっぱり、ちょっと不安です」

苦笑を零した弥朔に、桃は低く笑った。

「まあ、そう心配すんな。俺がいる」

桃の一言に、弥朔が打って変わって目の色を変えた。「あ。あと雨音も」と小さく付け足した桃の声は、もう弥朔には届いていない。

弥朔は片手で拳を握ると、それをふるふると震わせ、鬼気迫る勢いでダンっと床に叩きつけた。微かに、周りで犇めいている虫妖怪たちから慄く声が上がる。

「そ、んな……？　か、かっこ良すぎる発言、あまりにも……ダメだ、もう欲望のダム決壊待ったなし。相手がヒモだろうと耐えられない……好きだ、結婚しよう！　桃さん！」

勢いよく頭を上げて吠えた弥朔に顔を向け、桃は小首を傾げて見せる。

「あー。確かに俺はおまえのことが好きだが、おまえはべらぼうにイイ女過ぎる。しかし俺は、恐ろしくめんどくせぇ人が好みらしい。だから結婚はできない。ごめんな、弥朔」

「だあああ！　振り方も好み！　しかもそこで名前呼び⁉　これが魔性の誑し……！　次の薄い本のネタ提供、ありがとうございます……」

「ここに朝緒がいないのが悔やまれるな……」

桃と弥朔のいつもの茶番に、雨音は呆れて息を吐く。そこでふと、奥にある扉がギィッと開く音が聞こえた。桃と弥朔の茶番にざわついていた周りの虫妖怪たちが一気に静まり返り、首を垂れる。

多少、桃との茶番のおかげで緊張のほぐれた様子の弥朔は居住まいを正し、桃は相変わらず胡坐をかいて扉の奥を面白そうに見つめる。雨音は切れ長の眼を更に細め、深々と頭を下げると、闇に呑まれた扉の向こうへと大きく声を張った。

「お招きいただき、誠にありがとうございます——八束脛国が主、赭土殿」

扉の闇からぬるりと姿を現したのは、地に着きそうなほど伸ばされた焦げ茶色の癖髪が特徴的な、痩せぎすの男。彼こそがこの八束脛国の国主、赭土であるらしい。

赭土は酷くやつれた顔をして、ふらりとよろける。すると、赭土の背後におびただしい数の虫妖怪が山となって集まり、赭土はその山へと深く背を預けて座った。まるで、生きた玉座のようだ。

「招いた、というより……君たちが押しかけて来たようなものだと、僕は思っているけどねぇ。如月屋さん」

赭土はゆったりとした口調だが、それでも威厳のある声を出して、蟲の玉座に頬杖をつく。

「それにしても、人間が幽世のこのような深奥まで入ってくるとは。我が国では千年ぶりくらいだろうか。はてさて、水蜘蛛を封印したという君たち如月屋さんは、我々を殺しに来たのか。それとも我々に喰らわれに来たのか。どちらにしても楽しみだよ」

「申し訳ございませんが、此度の我々の目的はそのどちらでもありませぬ。ご容赦ください。……封印した水蜘蛛についても、後ほど詳しくご説明させていただきます」

頭を下げたまま、淡々と雨音は赭土に答える。赭土は鼻で笑うと、雨音に顎を振って見せた。

「……なかなか面白いことをぬかしよるなぁ？　さあて、そろそろ面をお上げよ、如月屋店主殿。君が語るその目的とか、水蜘蛛についての言い訳とか。色々と聞かせてもらおうじゃあないか」

雨音は再び一礼をしながらも顔を上げ、単刀直入に本題へと入った。

「この度は、こちらの突然な訪問をお許しいただいたこと、改めまして深く御礼申し上げます。さっそくですが、我々がこの八束脛国を訪ねた訳を聞いていただきたい――それは、近頃現世にて頻繁に出没するようになった〝虫妖怪の蛇ノ目中毒者〟についてです」

赭土が大きく目を見開いた。

「！　……蛇ノ目。あの禁薬に毒された、僕らの同胞についてだと？　しかも、現世に現れたとは真かい？」

「はい」

赭土はしばらく眉根を寄せて沈黙を置くが、すぐに身を乗り出すように雨音に問うた。

「……現世に現れた蛇ノ目中毒者たちについて。僕にも聞かせて欲しい」

「勿論です」

雨音は赭土に、これまで如月屋が現世で調査してきたことや、先刻遭遇した水蜘蛛を封印した訳の全てを語って聞かせる。

赭土は終始、険しい表情で静かに聞き入っていたが、雨音の話を全て聞き終わった頃には、目元を片手で覆って深い溜め息を吐き出していた。

「まさか、そんな……いったい誰が、このような惨いことを……」

そう小さく零した赭土は、頭を抱えながらも、憤りのこもった声で八束脛国の現状について語り出す。

「現在、八束脛国では多くの虫妖怪が行方不明になっていてねぇ……僕たちも幽世内を捜索していた。君たちから聞いた、死に際の辟邪虫の証言も含めて考えると。現世で彷徨っているという蛇ノ目中毒の虫妖怪が、その行方不明者たちである可能性は……高いと言える」

赭土は長い溜め息を吐き出し、視線を斜め下に向けて思考に耽っている。

「そうであれば、どうりで幽世の深奥をいくら捜せど、行方不明者の一人も見つからないわけだ。彼らは、蛇ノ目の副作用で生じた邪気を体外に流し出すために、陰陽の気の流れが強い現世側の幽世門に引き寄せられたんだろう。……そして、行方不明者の中でも一番初めに姿を消してしまったのが、僕の一人娘だった」

「！」

「娘は、一人でいるところを何者かによって攫われたと僕は見てる。娘が最後に目撃された現場付近には、明らかに争った形跡も残っていたからねぇ」

大きく顔を歪めた赭土の言葉に、雨音は目を瞠る。まさか、国主の娘まで行方不明になっていたとは。

「赭土様！　急ぎ、お耳に入れたいことが！」

雨音たちを迎えに来た、あの翅の生えた小男が慌てた様子で広間へと入ってきて、赭土に耳打ちをする。

「……姫の親衛衆どもか。先走りおって」

赭土は一度目を見開いて小さく独り言ちるが、すぐに雨音に向き直って短く尋ねてきた。

「如月屋さん。君たち、もしかして……他にも連れがいるのかい？」

桃が目を細めて雨音を見るが、雨音は揺らぐことなく即答した。

「はい。三名、幽世門付近にて待機させております」

「そうかい。……では、まずいことになったやもなぁ」

緒土は息を吐くと、片手で無精髭の生えた顎を撫でる。

「行方不明になっている娘を慕う、うちの若い衆が、幽世門にて不審な人間たちを見つけたと。大勢を連れて出かけたそうだ。八東脛国にて民の行方不明者が多く出始めた頃から、不審な異形殺しを見かけたとの噂なども錯綜していてなぁ。八東脛国の民は極度の緊張状態にある。このままでは、もしや……」

緒土の途切れた言葉を、桃が低い声で代弁した。

「死人が出るかもな」

「うわあ！」
不意に、水蜘蛛の方から叫び声が上がった。朝緒が弾かれたように振り返り、逢魔は煙草の火を携帯灰皿で消す。
「今のは……飛の声か？」

「ただならない声だった。行くよ」

朝緒と逢魔は川堀の声が聞こえた、水蜘蛛の身体の向こう側を目指して走り出す。

二人が川堀のもとに辿り着いた時には、川堀が大勢の虫妖怪たちに囲まれていた。完全な虫型の虫妖怪や、虫頭や虫の翅を持つといった、虫の特徴を持った人型の虫妖怪など、百人を容易く超える虫妖怪たちの姿がある。

「飛！　無事か!?」

「あ……朝緒くん！　だ、大丈夫！　ちょっと突き飛ばされて、足を挫いたくらい！」

朝緒の声に答えた川堀は、顔を蒼くして尻もちをついていたが、気丈に頷いて見せる。

突如現れた朝緒と逢魔を、虫妖怪たちは殺気立った目で睨みつけてきた。異形たちの殺気を受けて、逢魔が前に出ようとするが、朝緒が静かに手で制する。そのまま、朝緒は至極落ち着いた声色で異形たちへと語りかけた。

「俺たちは、現世の祓い屋だ。ここ、八束脛国が国主に許しを得て、幽世を訪れた。あんたらは、八束脛国の民とお見受けする。俺たちに、何用か？」

朝緒の問いかけに、異形たちの輪の中からまだ成熟しきっていない、年若そうな大きさの蜘蛛妖怪が進み出てきて、答える。

「貴様らの中に、柊連の異形殺しがいるな？　……この柊の枝には、祓いの力が満ち満ちている。こんなもの、柊連の異形殺ししか持たぬモノだろう」

蜘蛛妖怪が糸を操って掲げて見せたのは、川堀が水蜘蛛の周りに差すと言っていた柊の枝だった。確かに、柊の枝に強力な祓いの力を込めることが出来るのは、祓いの力の強い者が多い異形殺ししかいない。

「答えろ！　柊連の異形殺しは、どこにいる⁉」

蜘蛛妖怪は激しい剣幕で更に問い詰める。怯えて声もまともに出せない川堀の代わりに即答したのは、微かに冷たい殺気を孕んだ逢魔の無機質な声だった。

「ぼくが、異形殺しだけど」

名乗り上げた逢魔に、虫妖怪たちはかっと目を吊り上げて次々に怒声をまき散らす。

「よくも我らの同胞を、家族を……姫様を！　攫いおったな！」

「俺は昔、兄弟を異形殺しに殺された……人間のクソ共め！」

「殺す！　姫様を拐かした異形殺しなど、殺してやる！」

人間と異形殺しへの、並々ならぬ怒りと憎悪に朝緒は少しだけ気圧されるが、負けじと大声を張って虫妖怪たちへ真摯に語りかけた。

「待ってくれ！　俺たちは、あんたらの仲間を攫ったりなんかしない！　異形殺しはいるが、俺たちは八束脛国の虫妖怪たちのためになりたくて、ここに来たんだ！　信じてくれ！」

朝緒の必死な声も響かず、川堀のそばにいた年若い蜘蛛妖怪が激昂した。

「信じられるものか！　現にそこに封印されているのは我らが同胞、水蜘蛛！　やはり、姫様だけでなく、八束脛国の民を多く攫っているのは貴様らだったか。卑しい異形殺し共め……！　貴様らなんぞ、皆こうしてくれる！」

蜘蛛妖怪が大量の蜘蛛の糸を繰り出し、それを幾重にも結集させて長い槍のような形へと変形させる。蜘蛛妖怪は鋭く硬化した糸の槍を、未だ動けずにいる川堀の頭上へと振り上げた。

「待て！　やめろ……飛！」

朝緒が咄嗟に腕を伸ばして、川堀のもとへと走り出す。同時に、糸の槍が放たれた。

ドッ！　と、槍が突き刺さる振動が響く。朝緒は思わず立ち止まると、震える息を吸って目を大きく見開いた。

「か、假屋さん……！」

恐る恐るといったように目を開けた川堀が、目の前に立つ逢魔を見て、消え入りそうな声を漏らす。

朝緒の隣にいたはずの逢魔は、随分と距離が離れていたのにも拘わらず、いつの間にか虫妖怪たちの輪の中へと押し入っていた。そのうえ、動けない川堀を寸前で庇って、左肩に糸の槍が貫通している。逢魔の肩から糸の槍を伝って、ぼとぼとと血が止めどなく溢れ出し、穂先が眼前で止まった川堀の顔に滴り落ちた。

「……」

逢魔は無言で、強烈な殺気を放った。逢魔の常軌を逸した殺意のこもった睨みと圧に、虫妖怪の何人かが怯む。それでも彼らの中で燃える、異形殺しに対する憎悪と憤怒が僅かに恐怖に勝ったようで。年若い蜘蛛妖怪が周りの虫妖怪たちを鼓舞するように、掠れた声を上げた。

「や……矢を放て！　二人共々、殺してしまえ！」

「待ってくれ！　やめろ！　俺たちはあんたらに危害を加えるつもりはねぇ！」

ビュン！　と、矢の形となって結集した蜘蛛の糸が雨の如く撃たれる。朝緒は必死に呼び掛けながら、虫妖怪たちの軍勢を掻き分けて、動けない川堀のもとを目指す。縮こまった川堀の前には、逢魔が立ちはだかった。

逢魔は人並み外れた動体視力で糸の矢を何本か素手で掴み取ったり、振り払って見せるが、放たれた矢の多くが逢魔の全身に突き刺さった。

代わりに糸の矢を受けた逢魔を見て、更に顔を蒼ざめさせた川堀が悲痛に叫ぶ。

「假屋さん！　俺のことはいいから、逃げ」

「嫌いなんだ、ぼく。ああいうの」

川堀の叫びを、逢魔の無機質な声が遮る。逢魔はどこか虚ろな目を漂わせて、小さく呟いた。

「多対一で、一方的に苦痛を与えようとしてくる行為。ぼくは、嫌い」

糸の槍だけでなく。無数の矢の雨を受けて、更なる重傷を負った丸腰の逢魔は現在、何処からどう見ても多勢に無勢。絶体絶命な状況下にあった。

しかし、何本もの矢を受け、大量の血を流しても依然として顔色も変えず立ち続ける逢魔に、途轍もない不気味さと嫌な予感を本能で感じ取ったのだろう。虫妖怪たちは雄叫びを上げ、一斉に逢魔へと襲い掛かった。

「クソ！　おい、逢魔！　飛を連れて、早くこっちに……！」

朝緒も並々ならぬ胸騒ぎに駆り立てられ、虫妖怪たちの軍勢の中で押しつぶされそうになっても前へ進みながら、遠くの逢魔に叫んだ。

「……嫌いだ。異形から与えられる、何もかもが」

血を流し過ぎた逢魔は、既に意識が朦朧としているように見える。そして、虚ろな独り言を最後に、血濡れた逢魔はがくりと頭を垂れた。

途端に、逢魔へと虫妖怪たちが群がって、襲い掛かる。だが、山の如く積み重なった虫妖怪たちは、瞬時に八方へと弾き飛ばされた。

そこからは、ほんの一瞬だった。

身体のあちこちに突き立った糸の槍や矢もそのままに、逢魔は鬼神の如き立ち回りで虫妖怪たちを殴り上げ、蹴り飛ばし、あっという間に散らしてゆく。

その様子を、虫妖怪たちの軍勢に揉まれる朝緒は、小さく震えだした身体を思うように動かすこともできずに、蒼ざめた顔で見ていた。

「ぎゃあああああ！　く、くるな！　くるなあ！」

「何なんだよ……この怪物は⁉」

「しね、しね……！　頼むから、死んでくれ！」

「か、怪物だ……こ、ころされる、ころされる……！」

もはや逃げ惑うしかない虫妖怪たちの悲鳴が、痛いくらいに耳を刺す。

今の逢魔は、朝緒が初めて出逢った時の逢魔と、よく似ていた。まさに「怪物」だった。近くにいるだけで全身が粟立って、眩暈と吐き気まで引き起こすほど、強烈な殺気をまき散らす。逢魔は銃がなくとも、次々と虫妖怪を人間とは思えない凄まじい力を以て蹴散らしていった。

「……逃、げ」

朝緒は今すぐにでも「逃げ出したい」という感情が、無意識に口の端から溢れ出た。あんな恐ろしい「怪物」のそばでは、息をすることさえ危うい。本能が警鐘を鳴らし、ひたすらに訴えるのだ。あの「怪物」のそばでは、絶対に生きられないと。

本能的な恐怖に思考を蝕まれた朝緒が後退ろうとした、その時。

『……異形まで、人間と同じ血の色。違う血の色だったらいいのに』

異形を殺し尽くすと言いながら、そんな矛盾したことを零す無機質な声が脳裏を過った。

『母が、一番好きな時間だといつも言っていた』

つい先刻聞いたばかりの、母を懐かしそうに語る誰かの声も鮮明に蘇る。

（……そうだ。あいつは、言動が矛盾だらけで。偶に思い出して懐かしむ、母さんがいた。それに、見たい景色もあるって言ってた……）

朝緒はぼやける視線を地面から、前に移す。

少し先には、スーツを自分の血と返り血で濡らした怪物が暴れ回っている。

そうだ。どうしようもない矛盾を抱えて、死んだ母を懐かしんでいたのは、あの「怪物」だった。

（……ちがう。そうじゃねぇ……逢魔は、怪物なんて大したもんじゃねぇだろ）

逢魔は、怪物なんぞではない。ずっと目を背けていたい、忘れ去りたいような、二度と触れたくない過去も少しだけ懐かしむことができる。いつか見たい景色もある。「ルール・ブルーが好きな母」がいた、何を考えているのか多少わからない、異形に対して矛盾だらけで途方もなく頑固な男——それが、逢魔だ。

（逢魔はただの……俺がこの世で一番嫌いなクソ野郎。んな野郎から、また、目を背けて。ここで逃げ出しでもしたら）

朝緒は未だに震える両足を強く拳で殴りつけて、己を叱咤するために活を入れた。

「俺の負けだろうが！　クソ馬鹿が！」

朝緒はようやくバラバラに散り始めている、怯えきった虫妖怪たちの軍勢を力尽くで押しのけ、逢魔へ向かって一直線に走りだす。

その間に視線を巡らせて、状況を確認した。見る限り、逢魔は銃も無く素手で虫妖怪たちを相手にしているので、幸いまだ死者はいないように見える。蹲っている川堀も、顔色は悪いが無事だ。

視線を戻し、朝緒はすぐそこまで迫りつつある逢魔を再び睨みつける。

(平常で唯一使える、祓いの御業の序式も人間の逢魔には効かない。それならもう――この手で、あのバカを殴り倒すしかねぇ)

朝緒は覚悟を決めて拳を握ると、腹の底から低い唸り声を絞り出す。

「今度こそ、俺があのクソ馬鹿野郎を叩きのめす！」

そして朝緒は、いよいよ眼前に迫った逢魔の横顔に、拳で渾身の一撃を叩きつけた。

朝緒の拳を受けた逢魔は、よろけるどころか一切動じなかった。朝緒はそこで、ようやく俯きがちな逢魔の顔を見て、目を瞠る。

「こいつ……」

驚きのあまり、口端から小さく声が漏れた。

「……」

逢魔は、あの灰色の眼を閉じていた——否、それだけではない。呼吸からして、眠っているようだった。もしかすると血を流し過ぎて、半ば意識を失っているのかもしれない。

逢魔は眠っているのにも拘わらず、朝緒には一切反応することなく、また別の虫妖怪へと襲い掛かろうとする。朝緒は咄嗟に逢魔の腹へと膝蹴りを入れて、行く手を阻む。しかし逢魔は、片手で朝緒の膝を掴んで見事に蹴りを受け止めていた。

「てめぇ、寝ながら戦えるどころか、異形の妖気も感知できるのかよ。腹立つな、クソが」

朝緒は眠ったままでもやはり十二分に厄介な逢魔に顔を顰めて、悪態を吐く。

それでも、逢魔から一時も目を離さず、朝緒は再び逢魔へと連続して攻撃を仕掛けながら思考を素早く回した。

(普段より動きは大振りで、鈍い。今なら俺でも僅かに攻撃を喰らわせられるが、逢魔は見る限りクソほどタフなうえ体力も無尽蔵だ。結局、短期戦にしろ長期戦にしろ、今の俺の力じゃ逢魔には到底敵わねぇ。まず、我を忘れてるこいつを……叩き起こさねぇと)

逢魔は朝緒からの攻撃を躱しながらも、朝緒が異形を殺すうえで邪魔者だと本能的に判断したのか、とうとう朝緒にも殴りかかってきた。

「……上等だ！　殴り倒して、目ぇ覚まさせてやる！」

朝緒は吠えて、逢魔へ拳を振り上げる。しかし、逢魔に拳は命中することなく躱されてしまい、逆に朝緒が強烈な打撃を横っ面に受けた。朝緒が倒れ込んだ先には、怯えて動けずにいる虫妖怪たちがいる。地に伏しながらも、朝緒は固まっている虫妖怪たちへと咄嗟に怒鳴りつけた。

「俺たちに近づくんじゃねぇ！　死にてぇのか⁉」

「ひっ……！」

虫妖怪たちはその声に従って朝緒と逢魔の二人から距離をとると、茫然自失した様子で、尋常ならない二人を恐々と窺っていた。

朝緒はふらりと立ち上がって、再び逢魔に向かって拳を構えようとする。だが、息を吐く間もなく、朝緒は凄まじい連撃を受けた。逢魔から繰り出される一撃一撃が鋭くて重く、筋肉を痙攣させ、骨を軋ませる。

現在の逢魔は、眠っているのにも拘わらず。以前、朝緒が逢魔に勝負を挑んだ時とは比べものにもならない疾さの攻撃だった。朝緒は思いがけず額に青筋を浮かべて、沸騰したような憤りの怒号を上げた。

「っんの……疾すぎんだよ、クソが！　てめぇ前の手合わせの時、めちゃくちゃ手加減してたんじゃねぇか！　狂犬野郎が舐め腐りやがって！」

そこから朝緒は、逢魔の連撃を躱すとまではいかず。何とか腕で受け流しながら、僅かな隙を見て小さな反撃を繰り出す。逢魔の岩壁の如く硬い横腹を掠めるように蹴り、顔を狙うも躱されて腕を殴るが、逢魔の動きは一向に鈍らない。むしろ、朝緒の肉体の方だけが、ぼろぼろになり始めていた。

何度も逢魔の攻撃を受け流した腕は、皮が剥がれて血塗れに。逢魔の細身な見た目からは思いもよらない鋼の肉体をがむしゃらに蹴る足は爪が割れて血が滲み、痺れて感覚がなくなる。

朝緒は数えきれないほど地に殴り倒され、もう誰のものかわからない血と泥に塗れながらも、何度でも起き上がって逢魔へと立ち向かってゆく。

そんな中でも、朝緒は考え続けていた。このままでは先に自分が力尽きて、逢魔はまた異形たちを殺そうとしに行ってしまう。その前に、逢魔を眠りから覚ますには、どうすればいいのか。

何としてでも、逢魔を止めなければ。

『ああ。ぼく、夜から夜明けまでの暗い時間帯——つまり、暗闇に弱いんだ。暗くなると死ぬほど眠くなる。そういう体質』

ふと、再び逢魔の声が蘇った。そういえば逢魔は、おそらく暗闇の中だと極限のストレスを感じて、眠ってしまうという体質だ。

（もしかして、今の逢魔は……さっき、血を流し過ぎて気を失ったせいで。暗闇で眠っちまうのと、似た状況にあるのか？）

逢魔が幽世門で眠っていた時。川堀や弥朔がいくら声を掛けて身体を強く揺すっても、逢魔は目覚めなかった。だが、朝緒の——人並み外れた大声を間近で浴びせた途端、逢魔は弾かれたように目覚めた。

何故あの時、逢魔は朝緒の声で目覚めたのかはわからない。朝緒の声があまりにも煩すぎて、偶々という可能性も大いにある。それでも、これは一縷の望みなのかもしれない。朝緒は内心で即決した。

(少しでも可能性があるのなら……俺は、賭ける!)

現在、朝緒は逢魔によって腹と顔へ続けざまに猛烈な蹴りを喰らい、地面に両肘をついて蹲っていた。相変わらず、逢魔を恐怖する身体の震えは止まらない。朝緒は血の混ざった胃液を吐き、鼻血をぼたぼたと垂れ流しつつ、何度も転びながら起き上がる。

そして、ほとんど縋りつくように逢魔の胸倉を両手で掴み、引き寄せると、周囲の異形たちをも震え上がらせるほどの大きながなり声で逢魔を罵倒した。

「このっ……狂犬クソ野郎が! てめぇは暴力の能しかねぇのか!? いつまでも好き勝手暴れ回ってんじゃねぇぞ! 逢魔ァ!」

逢魔は、自分の胸倉を掴む朝緒を何度も殴りつける。

それでも朝緒は、逢魔の胸倉から頑なに手を離すことはなかった。ひたすら拳を受け、喉から血を吐くまで逢魔を罵倒し続けた。

視界が、真っ赤に染まっている。

どこを見ても、血の色。逢魔が殺してきた、人間と同じ色をした異形の血。

何故、異形と人間は同じ血の色をしているのだろう。あんなにも、生きる世界も存在の在り方も何もかもが違(ちが)うというのに。

そんな疑問を、逢魔はかつて己の母に問うたことがあった。母は、逢魔の頭をやさしい手つきで撫(な)でながら、柔(やわ)い声で答えてくれた。

『人間と異形は、もともとは同じ存在だったからだよ。人間の魂(たましい)は異形の念から生まれ、異形の肉体は人間の念から生まれる。元来、人間と異形は同じ神の胎(はら)から生まれた兄弟だった。だから、お母さんは思うんだ——異形と人間は、幾千(いくせん)年と兄弟喧嘩(きょうだいげんか)をずっと続けているけれど。きっといつか、仲直りをして。共に生きてゆくことができるって。共に笑い合うことができるって』

母は、逢魔の小さな手を握って、願うように言った。

『お母さんは信じてるんだ。逢魔』

しかし、そんな母の手を、逢魔は振り払(はら)った。

大人の肉体となった逢魔の両手には、赤黒い血がどろりとこびりついている。

「でも、異形と人間の共存を願ったあなたは、死んだ。だからぼくは、ぼくのやり方で。このくだらない兄弟喧嘩……否、殺し合いの連鎖を終わらせるよ。決めたんだ」

逢魔は異形たちの死骸の山の上に立ち、血に濡れた手を固く握る。しかし、逢魔のスーツを、唐突に現れた子どもの手が強く引っ張った。

『だけど……こわいよ。異形は、こわい』

『また、痛いことされたらどうしよう。痛いのは、こわい』

『真っ暗な蔵の中に閉じ込められるのは……もういやだ。こわい』

『悪くない異形もきっといるよ？　そんなヒトたちを殺すだなんて……こわい』

『誰かを殺すのは、こわい』

『こわい』

いつの間にか、逢魔の下半身には大勢の子どもがしがみついてきていた。皆、同じような見た目をした子どもたちは「こわい」「こわい」と繰り返す。

逢魔は耳鳴りの如く押し寄せてくる「こわい」という子どもの声に目を伏せ、耳を塞いだ。

「……黙れ。そんなものは、もう……捨てたはずだ」

逢魔は藻掻いた。己を覆い尽くそうとする子どもたちを踏み越え、耳を塞いだまま上を目指す――が、不意に。耳を塞いでいてもなお、鼓膜を突き破るような大音量が逢魔をビリビリと刺した。

『おい！　さっさと起きねぇか！　この間抜け野郎！』

聞き覚えのある罵倒――朝緒の声だ。

『聞いてんのか、ああ⁉　異形に襲い掛かるわ、寝たまま暴れ回るわ、ふざけたことばっかしやがって！』

朝緒のつんざくようながなり声が、逢魔の意識を激しく揺さぶる。

『つーか、何で寝たまま暴れてんだよ！　それとも何か？　俺が怖くて、眠りでもしねぇと俺とは殴り合いもできねぇか⁉　腰抜け野郎！』

逢魔は次第に、腹が立ってきた。

朝緒のがなり声は、鼓膜が破れそうなほどにうるさいし、ただただ苛々する。それに、今の罵倒は何だ。逢魔が朝緒を怖がることなど、一生あり得ない。

しかも、怒鳴ってはいるが、やはり朝緒の声には明らかな逢魔への恐怖が滲んでいた。

「……………！」

それに改めて気が付いた逢魔は、意識が徐々に冴えわたっていくのを感じる。

朝緒は出逢った時から、逢魔のことをひどく恐怖していた。それからもずっと、朝緒は逢魔を恐れ続けているが――朝緒は一度も、恐怖の対象であるはずの逢魔の前から、逃げ出したことなどなかった。現に今も、逢魔のそばで無駄な大声を張り続けている。

何より逢魔は、自分を恐怖する相手に、面と向かってこんなにも罵倒されたことなどなかった。立ち向かってこられたことなど、なかった。

こんなにも、腹が立ったことなど、なかった。

「……そうか。きみは——アオは、逃げないんだ。こわいものから」

朝緒の恐怖が混じった罵倒が、また逢魔を激しく揺さぶる。

『やっぱり怖気づいたか、逢魔！』

恐怖の滲む朝緒の怒鳴り声が、いつかの己と重なって。いつかの無力な己への怒りが、逢魔の意識を更に鮮明にする。

恐怖と共に在る朝緒は、同じなのだ。異形の全てに恐怖した、かつての最悪な逢魔と。だからこんなにも、朝緒に腹が立つのだ。

「アオは、無力で最悪な頃のぼくと、似てる。そんな最悪なきみに、ぼくは——」

そして何より、朝緒に対する強烈な対抗心——「負けたくない」という思いが烈火の如く燃え上がる。

『そうやって、てめぇは逃げんのか!?　負け犬野郎！』

朝緒の「逃げるのか」という声が引き金となって、ついに、ぶちりと。逢魔の中の何かが、大きく音を立てて焼き切れた。

逢魔にとって世界で一番最悪な、癇に障る朝緒の声と言葉に揺さぶられるがまま。逢魔の真っ赤な視界が、白に染め上げられていった。

「いい加減に、しろよ、逢魔……この、負け犬クソ野郎ォ！」

既に嗄れてきた怒号を上げて、朝緒が逢魔の額へと凄まじい頭突きを喰らわせる。すると、初めてふらりと一瞬よろけた逢魔が、朝緒よりも更に鋭く重たい頭突きで反撃してきた。

「があっ！」

朝緒は額から血を噴き出して倒れ込むも、すぐに起き上がり、再び逢魔へ立ち向かう。

「は……誰が、負け犬だって？　アオ」

しかし、怒りを沸々と孕んだ逢魔の静かな声によって、朝緒の動きはピタリと止められた。血走った灰色の眼を大きく見開いて、顔を上げた逢魔はぎろりと朝緒を見据えている。

ようやく目覚めたかと思えば、初めて見る逢魔の怒りの顔に、朝緒は目を瞬かせて驚きの声を漏らす。

「な……！」

「全く……アオ、ぼくのこと散々言っとったやろ。しかもアオの声……耳おかしくなるくらい、せからしか。何より最悪にムカつくし……ぼく、アオのこと本当に嫌いだ」

方言だろうか。逢魔は怒りを孕んだ声色ながらも、所々いつもとは違う口調で眠たげに息を吐き出す。朝緒は茫然と逢魔を見ていたが、すぐに長い溜め息と共にいつもの悪態を吐いた。

「それはこっちの台詞だ、バカが……手間かけさせやがって。狂犬野郎」

「あと、ぼくは逃げとらん。負け犬でもない」

「うるせぇ、バカ犬」

怒りの双眸で睨んでくる逢魔に、未だ恐怖で震える指を握って答えながら、朝緒はふらりと地に膝をついて、肩で息をする。すると、今まで痛いほどに静かだったはずの虫妖怪たちの喧騒が、どっと沸いた。

「い、今だ……！　あいつらが動けねぇうちに、やるぞ！」

「殺せ！　……あんな怪物ども、さっさと殺しちまおう！」

「あまり近づくな！　近接は危なすぎる……矢だ！　矢を放て！」

ついさっきまで逢魔に怯えきって、逃げ惑っていた虫妖怪たちが、もう随分と消耗してしまった朝緒たちを仕留めようと声を上げる。それを横目で見る逢魔は小さく鼻を鳴らすと、平然と己の左肩に刺さっていた糸の槍を引き抜き、血を振り払って持った。

「懲りないな、奴らも……眠かけど、よし。眠る前に、全て片付ける……次こそは的確に急所を狙って……殺す」

「待て待て！　全くもって良くねぇんだよ、バカ野郎！」

眠気を堪えながらも、再び殺気を漲らせた逢魔を制するように、慌てて朝緒が前に出て、虫妖怪たちに呼び掛けた。

「おい、頼むから話を聞いてくれ！　もうこれ以上、俺があんたたちを傷つけさせねぇから！」

「撃て！」

そんな朝緒の声もやはり届かず、ビュン、と一斉に糸の矢が放たれた。

「クソ……！　間が悪ぃ！」

朝緒と逢魔は、矢を受けぬため咄嗟に構える――しかし、放たれた矢は、突如朝緒たちの頭上に広がった巨大な蜘蛛の糸によって全て搦めとられてしまった。

併せて、地震のような揺れが起きる。すると、大地が大きく隆起して、その中から巨大な蜘蛛妖怪――〝土蜘蛛〟が姿を現した。土蜘蛛は地中から無数の糸を繰り出し、朝緒たちを囲んでいた虫妖怪たちを捕らえていく。

不意に、バサッと、鳥の大きな羽音が降ってくる。身体がよろけるほどの突風に、思わず一瞬目を瞑った朝緒は目を開くと、眼前には人間の何倍も巨大な三本足の鳶が地に降り立っていた。鳶を目の前にした朝緒は、思いがけず目を丸くして声を漏らす。

「お前……！　ガー子！」

その巨大な鳶「ガー子」は、桃の使役する高位式神の一柱である。そして、ガー子の背中からは、次々と見慣れた面子が降り立ってきた。

「おいおい、二人揃って満身創痍かよ。面白れーな」

「朝緒、逢魔さん、川堀さん……！　おああ皆、すぐに手当てを！」

桃は朝緒と逢魔を心底可笑しそうに眺め、弥朔は慌ただしく朝緒たちへと駆け寄ってきた。

最後に降りてきた雨音は、しばし周りで土蜘蛛によって捕らえられてゆく虫妖怪たちの様子をじっと見つめていた。だが、すぐに朝緒と逢魔の二人を振り返り、鋭い目つきを微かに綻ばせて小さく息を吐いた。

「やはり、お前たち二人であれば、死者は一人も出なかったようだな。――よく耐えた」

雨音の労いの言葉を茶化すように、桃が低く笑う。

「俺は、假屋に虫妖怪たちが皆殺しにされる方に賭けてたんだがな」

「朝緒がいる。万が一にも、そんなことにはならん。阿呆め」

「ブラコンかよ。お兄ちゃん」

桃と雨音が言い合っている最中。虫妖怪たちを全て捕まえた土蜘蛛が、再び地響きを上げて朝緒たちの方へと僅かに近づいてきた。

土蜘蛛を前にした雨音は、目を細めながら土蜘蛛へと一礼する。

「我らに助力していただき、誠にありがとうございます……緒土殿」

その土蜘蛛は、緒土の本来の姿であった。

緒土は、捕らえた虫妖怪たちを一纏めに蜘蛛の糸で糸玉の形に包むと、地鳴りの如き声で雨音に答える。

「いいや……うちの若い衆が失礼をしたねぇ。本当に申し訳ない。彼らは城に連れ帰って、後でたっぷり説教を喰らわせておくよ」

虫妖怪たちを捕らえた糸玉を引き摺り、従者として連れていた他の蜘蛛妖怪に糸玉を任せると。緒土はしばらく沈黙を置いて、独り言ちるように語った。

「かつて、遥か太古の僕らの先祖は……人間と共に生きた時代もあったという。僕は今まで、碌な人間に会ったことが無かったし。仇討ちやら憎しみやらを理由にして、たくさん人間を脅かしてきたもんだから。そんなもの御伽噺だと今の今まで、信じていなかったけど。君たちと会ってみて、少し変わったよ」

緒土は、どこか期待するような。夢見るかのような覚束ない声を漏らして、最後は低い声を絞り出した。

「こちらから襲い掛かったにも拘わらず。正当防衛として殺すことも容易かったろうに、僕たちを誰一人殺すことがなかった君たちだけは、信じてみたいと。少しだけ、そう思った——如月屋さん。この八束脛国で起こっている厄を、共に解明してほしい。僕も、引き続き行方不明者の捜索を続ける。どうか、よろしくお頼み申す」

緒土の言葉に、雨音は深々と頭を下げた。

「ありがとうございます。……我ら如月屋一同。総力を以て、お力添えさせていただきます」

ふと、いつの間にか夕暮れになっていた空の橙色の昏い光が途絶え、辺りが仄暗くなる。幽世の太陽が、完全に岩山の向こうへと沈んでしまったのだ。それと同時に、今まで涼しい顔で立っていた逢魔が、糸の切れた人形の如く頽れる。隣に立っていた朝緒は、大きく肩を揺らして驚いた。

「うお⁉」

「おっと。もう、逢魔が時か」

頽れる逢魔を片腕で受け止め、随分と慣れたように難なく担ぎ上げたのは桃。

桃の言う通り、いつの間にか辺りは世界が赤く燃え滾る夕焼け空も過ぎ去り。暗闇に弱い逢魔は深い眠りに落ちてしまう、薄暗い逢魔が時の真っ只中であった。

第五章　蝙蝠

如月屋一行は、幽世門近くの洞穴内に移動していた。

緒土が、幽世に滞在する如月屋一行に城の一角を貸し出すと申し出たが、「幽世門周辺に拠点を置きたい」という如月屋の意向により、雨音が申し出を断って今に至った。

雨音は緒土と共に封印した水蜘蛛について調査をしたいと、手持ち無沙汰であった桃を護衛につけて未だ外に出ている。

逢魔との命懸けの殴り合いを経て。重傷の逢魔に次いで全身に傷を負っていた朝緒は、眠っている逢魔の応急処置を終えた弥朔から手当てを受けていた。

ランプの明かりに照らされ、二人の影が洞穴の岩壁に濃く映って揺らめく。弥朔は手慣れた様子で朝緒に手当てを黙々と施してゆくが、何となく居心地の悪くなった朝緒が、恐ろしいほど無言な弥朔へと声を掛けた。

「……クラゲ。そんな大袈裟にしなくてもいいんじゃねぇか？　……痛っ……くねぇ。ちょ、おい！　聞いてんのか!?」

「動かないでって言わなかったっけ？　ほんと朝緒は、無茶しかしない」

石像の如く真顔な弥朔の声はいつもよりも低く、呆れているようだった。朝緒は弥朔に国主との対談について尋ねたかったが、弥朔のピリピリとした様子からして聞ける雰囲気でもなく。密かに鼻から息を漏らす。

「別に無茶はしてねぇ……いだっ……くない。だから、これくらいで包帯なんざいらねぇだろ？　俺より、飛の方を見てやっ」

「川堀さんは、活性の神気で肉体の自然治癒力を高めたから。目が覚めたら、歩けるようになってるはずだよ」

朝緒の声を遮って、弥朔が忙しく動く手もそのままに視線だけで川堀を一瞥する。先ほどの虫妖怪たちによる急襲で軽い怪我を負っていた川堀も、逢魔と同じく疲労で眠っていた。

「川堀さんの心配もわかるけど、朝緒はもっと自分の心配をしな。ほら、顔見せる。こんなに腫らして……川堀さんたちと同じく、活性の神気使うけど。いいね？」

「……わかった。無茶したのは認めるから、んな睨むんじゃねぇ……悪かったよ。お前の神気まで使わせて。ただでさえ、神気はお前の身体に負担が掛かるってのに」

小さく謝って目を伏せた朝緒の顔に、弥朔は黙ったまま手を添えていた。弥朔の白い手からは橙色の神気が淡く溢れ出て、朝緒の打撲痕を徐々に回復させてゆく。

活性の神気によって、朝緒の顔の腫れが少しだけ引いたのを見ると、弥朔は細く息を吐き出して、ようやく微かな笑みを浮かべた。

「自覚したなら、いい。あと、あたしの授かる神気は、あたしが使いたくて使ってるだけだから気にしないで。仕事上怪我するのは仕方ないけど、朝緒も逢魔さんも、もっと自分の身体のことを気にかけてほしい。あたしからはそんだけ」

いつもの調子に戻った弥朔に、ほっと息を吐きながら朝緒は頷いた。

「ああ、わかった。……が、やっぱり。包帯は外していいか……？　動きづら」

「それはダメ」

「――弥朔、朝緒。今戻った」

ぴしゃりと弥朔が言い放ったのと同時に、洞穴の出入り口から雨音と桃が姿を現した。

どうやら、水蜘蛛の調査を無事に終えたらしい。朝緒は動かしづらい身体を何とか捻って、雨音たちを振り返った。

「雨音！　水蜘蛛の調査はどうだった？　それと、国主との対談も……何か、八束脛国の現状については聞き出せたのか？」

朝緒は矢継ぎ早に、雨音へと尋ねる。

「そう急くな、朝緒。お前にも、順を追って話そう」

雨音は朝緒を宥めると、洞穴の中心に置かれたランプのそばに座る。それに倣って、桃も雨音の隣へと胡坐をかいた。如月屋の全員がランプを囲むように座したのを確認すると、雨音は朝緒へと語って聞かせた。

八束脛国の民が、幾人も行方不明となっていること。

また、一番初めの行方不明者である赭土の娘に関しては、赭土のこれまでの調べによると、何者かによって攫われた可能性が高いこと。

「そして、俺たち如月屋の調査で判明していることは、〝蛇ノ目中毒〟となって巨大化し自我を失った虫妖怪たちが、己の体内に溜まった蛇ノ目の邪気を排出するために現世側の幽世門周辺で暴走しているということ。しかも、辟邪虫の証言からして、蛇ノ目中毒者たちは何者かによって無理やり蛇ノ目中毒にさせられている可能性が高い。――八束脛国で起こっている事件と、現世に現れた虫妖怪の蛇ノ目中毒者たち。この二つの件は繋がっているのではないかと、俺たちと赭土殿の意見が一致した」

雨音は視線を上げて、現在起きている如月屋の面々を見回す。

「これからは赭土殿のご協力のもと。如月屋総員で、蛇ノ目中毒者が引き寄せられやすい、ここ幽世門周辺から現世と幽世を跨いで調査をしていくことにする。異論はあるか？」

雨音の確認に、朝緒と弥朔が即答した。

「ねぇな」

「あたしも、ありません」

「えー。俺はもう帰りてぇんだが。ここ、寝心地悪そうだし」

勝手に逢魔の懐から銀色のオイルライターをかすめ取っていた桃は、気だるげに煙草をふかす。

相変わらずやる気が全くない桃に、朝緒は顔を引き攣らせながらも、低く唸る。

「無事仕事を終えて帰ったら、お前の好物……ピーチタルト作ってやる。だから黙ってろ、桃」

「じゃ、ホール三台な？　シェフ」

極度の甘党で大食らいな桃の、嫌になるほど端整な笑み付きの条件に、朝緒は大きく溜め息を吐き出しながら渋々と頷いた。

「わかった……わかったから、もう黙れ。お前」

「流石は朝緒。楽しみにしとく」

朝緒と桃の駆け引きに、弥朔と雨音が顔を見合わせて苦笑混じりの吐息を零す。

「そして、水蜘蛛の調査についてだが」

雨音は小さく咳払いをすると、ランプのそばに厚みのある紙束を置いて、それをパラパラと軽く捲って見せた。

「これは赭土殿よりいただいた、八束脛国の民の行方不明者リストだ。この中に、先ほど封印した水蜘蛛が確認できた。加えて、朝緒と逢魔が遭遇した大百足や、俺たちが葬送した辟邪虫も何人かこのリストで見かけた」

雨音は行方不明者リストを全て捲り終えると、如月屋の面々に視線を巡らせて強く頷く。

「やはり、俺たちが今まで出会ってきた蛇ノ目中毒者たちは、八束脛国の行方不明となった民たちだ。となれば、まずは唯一の生存者である、あの水蜘蛛から話を聞きたいところだが……蛇ノ目の邪気を祓わんと、話もできん。祓いの御業を以て、非常に繊細な邪気祓いが必要になってくる」

悩ましげに唸った雨音に代わって、桃が妖しく笑いながら口を開く。

「雨音と俺の祓いの御業じゃあ祓いの力が強すぎて、邪気を祓うどころか水蜘蛛の肉体を傷つけ、最悪殺しちまう。蛇ノ目の邪気はまさに蛇みてぇに捉えにくいしな」

桃の話を聞いた弥朔は、ポンと手を叩いて閃いたように声を上げた。

「なるほど。じゃあ、ここは――朝緒の出番ですね」

如月屋に舞い込んできた邪気や呪い関連の祓いの仕事は、いつも朝緒が担当していた。併せて、蛇ノ目の邪気によって変質した妖気を視認できるほど、如月屋随一の感知能力を有するのも朝緒である。

三人の視線が朝緒に集中した。朝緒はそれらの視線を受けながらも、気まずい思いで顔を背ける。

「邪気祓いは引き受けるが……周知のとおり、俺は夜明け前しか祓いの御業は使えねぇ。今すぐにとはいかねぇぞ」

現在は夜が迫る逢魔が時。朝緒の祓いの御業は、祓いの力が高まる夜明け前しか使えないため、今すぐに邪気祓いをすることはできない。

無論、それをわかっている雨音は、歯がゆい顔をする朝緒に仏頂面の相貌を僅かに崩して見せた。

「ああ。だから今は、幽世の夜明けを待とう。ついでに、俺たちもしばらく休息が必要だ。ちょうどいい」

雨音に激しく同意するように、弥朔も首を縦に振って朝緒を鋭い視線で見据えた。

「雨音先生の言う通りです。……朝緒、しばらくは安静にしてて。じゃないと、桃さんとの添い寝を強要するから」

「俺、添い寝には確かに定評があるが。朝緒とは死んでも御免だ。頼むぜ、朝緒」

弥朔の有無を言わせないような声に桃は肩を竦めて見せ、一方朝緒は嫌悪感が丸出しの怒鳴り声を上げた。

「だああ！　わかっとるわ！　少し安静にしてりゃいいんだろ⁉　俺だって、んなクソみたいなことになるなら、死んだ方がマシだ！」

「……るさい」

ふと、掠れた声がぽつりと零れた。朝緒たちは咄嗟に声がした方に視線を移すと、眠っていたはずの逢魔が上体を起こし、ランプのそばに座り直しながら顔を顰めている。

朝緒は思いがけず目を丸くして、真っ先に逢魔へと声を掛けた。

「てめぇ、いつの間に起きて……暗闇はキツいんじゃねぇのか？」

朝緒の問いに、逢魔は眠たそうな目で朝緒を一瞥して小さく息を吐く。

「その、ランプ……もともと、これくらい眩しい明かりがあれば短い間だけど、暗闇の中でも起きていられる。あと、眠っていても……アオの騒音が聞こえると、耳鳴りがしてきてうるさい。最悪」

「誰の声が騒音だ！」

心底煩わしそうに眉間を押さえる逢魔に、朝緒が吠える。そんな朝緒を宥めながらも、逢魔の隣に座っていた雨音が、逢魔に頷いて見せた。

「先ほどはやり過ぎとは言え、虫妖怪たちから朝緒と川堀さんをよく守ってくれた。助かったぞ、逢魔」

逢魔へ感謝の意を述べる雨音に、朝緒は口を噤む。

確かによくよく振り返ってみると、逢魔は虫妖怪たちを殺そうとしていたが、身を挺して川堀を虫妖怪たちの攻撃から守っていた。むしろ、逢魔があそこまで多勢の虫妖怪たちを弱らせていなければ、逆に朝緒たちが危なかった。

朝緒はやはり、今回も逢魔に助けられていたのだと気が付く。気に喰わないことにだ。

「ぼくは全部殺し損ねて、あまりいい気分じゃないけど」

不満げに鼻を鳴らす逢魔に、雨音は苦笑を零しながら朝緒へと視線を移す。

「そこはお前を食い止めてみせた、朝緒の手柄だな。あそこで一人でも誰かを殺していたら、国主である赭土殿や大勢の八束脛国の民の怒りを買い、俺たち全員が袋のネズミとなっていたことだろう」

雨音から誉め言葉を受けた朝緒へ、桃が揶揄うように目を細めて見せる。

「だとよ。〝異形との共存〟なんて大口、ようやく胸張って叩けるようになったか？　朝緒」

「うるせぇ。俺はやると決めたことは昔からいつでも口に出してただろうが」

「いやぁ？　ちょっと前までは『俺には役がない』とか言って、自信なさそうだったから心配してたんだよ。俺」

「な！　てめぇ、桃！　それをここで喋んな、クズ男！」

いつもの如く言い争う朝緒と桃を、ぼうっと眺めながら、逢魔は独り言のように小さく呟く。

「なぜ、きみたちはそうまでして……異形との共存なんて不可能を、夢見るのか」

朝緒が逢魔の独り言を耳聡く拾った。逢魔の「そうまでして」というのは、つい先刻、理性のある異形たちに殺されかけたことも含まれているのだろう。

答えなど微塵も期待していなかったであろう逢魔の独り言に、朝緒は真っ直ぐ逢魔を見据えながらすかさず答えた。

「俺たちは、不可能だなんて微塵も思ってねぇからだ。どいつもこいつも、やる前から早々に諦めて、人間と異形は相容れないとかぬかしやがるが、そんなことはねぇ。確かに俺たちは、今までに何度も異形に襲われたりもしたが……人間も異形も、本質は変わらない。互いが互いについて無知なままなせいで、恐れてるだけだ。根気強く互いを知り合えば、交わり、共に生きることが出来る」

その一番の証明が、今こうして生きている〝半異形〟の自分なのだと、朝緒は思う。

「てめぇは、秩序を乱す禁忌だと思ってるだろうが……半異形とか。そいつらこそが、その証明だ。人間と異形が少しでも相容れることができたからこそ、そいつらは生まれたんだ。俺はいつか、半異形たちも禁忌なんかじゃなく、当たり前の存在にする。異形も人間も、半異形も……皆、平等で当たり前の世界。それを目指すのが、俺たち如月屋だ」

朝緒の力強い言葉に、逢魔は徐々に灰色の眼を大きく見開いて、朝緒の真っ直ぐとした視線を見返した。逢魔は朝緒を通して、しばらく遠い目をしていたが、次第にゆっくりと目を伏せて、呆れの滲んだ息を細く吐く。

「夢見るバカは、皆同じ事を言うんだな……ぼくは朝まで動けない。それまではきみたちの勝手にして」

逢魔は小さく鼻から息を漏らして腕を組み、背中を洞穴の岩壁に深く預けると、そのまま眠ってしまったようだった。やはり、無理をして起きていたらしい。

逢魔が眠ったのと同時に雨音が立ち上がって、朝緒たちを見回す。

「お前たちも、夜明け前までゆっくり休め。俺はいったん現世に戻って、車から調査に必要なものをいくつか取ってくる」

そう朝緒たちに促した雨音は、疲れなど微塵も感じさせない動きで洞穴を出て行ってしまう。

こうして朝緒たちは、夜明け前までしばしの休息を取るため、各自身体を休めることになった。


一時間ほど経ったくらいだろうか。

朝緒は妙に寝付けなくて起き上がる。寝付けない理由は、雨音から聞いた「第一に行方不明となった国主の娘」についてだった。

（おそらく、他の蛇ノ目中毒者たちと同じように行方不明になった国主の一人娘……もしかして、水蜘蛛ん時に見かけた、あの具合が悪そうな子どもがそうなんじゃ……？）

そこまで考えて、ふと辺りを見回すと、雨音が戻ってきた形跡はまだない。しかし、桃と弥朔は眠っているが、川堀の姿だけが無かった。

朝緒は川堀がいないことに首を傾げながらも、立ち上がる。

(飛のやつ、外に出てんのか？　……このままでも寝付ける気がしねぇし。飛を捜すついでに風にでも当たるか)

弥朔が事前に持ってきていた二つのランプの内の一つを取って、朝緒は洞穴の外に出る。墨で塗りつぶされたような幽世の闇空には、ぽっかりと白い満月が浮かんでいた。幽世では、星は見えるのであろうか。朝緒はそんなことを考えながら、月の仄白い光を頼りにランプの灯をつける。

少し歩く前に川堀を捜しておこうと思い立って、朝緒はランプを片手に立ち上がった。

「あ……？」

朝緒は思わず低い声を漏らして、目を擦る。

そして、もう一度正面に視線を戻すと、遠くの岩陰に月明かりに照らされた赤色が確かに見えた。朝緒は更に目を細めて、その赤色を凝視する。

「あれは……水蜘蛛ん時に見かけた、子ども……？」

岩陰から半身を覗かせていたのは、水蜘蛛と対峙した時に見かけた、あの赤い着物を身に纏った少女であった。

少女は先刻と変わらない、焦点が合ってないような虚ろな眼で朝緒を見つめているが、不意に、岩陰の向こうへと覚束ない足取りで駆け出して行ってしまう。

「あ、おい！　……ちょっ、待て！」

やはりどこか様子がおかしい少女を一人にはしておけないと、朝緒は咄嗟に少女を追いかけた。

少女の背中を追い続けてどれくらい経っただろうか。途中、このまま少女を追えばあまりにも如月屋の拠点から離れてしまうため、如月屋の誰かに一声掛けるため戻ろうかとも迷ったが、明らかに様子のおかしい少女を放ってはおけず。そのまま朝緒は、遠くまで少女を追いかけてきていた。

そうして、ついに少女は入り組んだ岩壁の狭間に開いた洞穴の中へと入って行ってしまって、姿が見えなくなる。

反射的に、朝緒はその洞穴から少し離れた場所で駆けていた足を止めた。

月明かりすらも通さない、黒い闇に塗りつぶされたその洞穴から――禍々しい膨大な邪気を感じたからだ。朝緒は顔を顰めて、小さく息を呑む。

「……あ、朝緒くん！　よかった、やっと追いついた！」

不意に、背後から名を呼ばれて、朝緒は思いがけずひどく驚いて振り向く。そこには、まだぎこちない足取りの川堀が、息を切らしながら笑顔で立っていた。

「飛!?　お前、何でこんなところに……」

「朝緒くんが、洞穴から出ていくところを見かけて……気になってね」

拠点から遠く離れたこの場所までたった一人、自分を追ってきた川堀を朝緒は内心で訝しみながらも、苦笑を零して川堀へと駆け寄り、その肩を叩く。

「ったく……お前、いつの間にかいなくなってたから、驚いたぞ。しかも、こんな所まで俺を追ってこなくても、足を怪我してんだから他の誰かに声掛けりゃ良かっただろうが」

「ごめん、ごめん！　外で風に当たってたら、朝緒くんを見つけて。思わず何も考えずに、必死になって追ってきちゃったよ……それより朝緒くんは、こんな所まで来て何を？」

不思議そうに首を捻る川堀に、朝緒は頷いて答える。

「ああ。お前がいないんで、気になって外に出たんだ。そしたら、水蜘蛛に会った時見かけた子どもをまた見つけて、話でもできねぇかと追いかけてきたんだが……」

朝緒は川堀から視線を外して、膨大な邪気が溢れる洞穴を再び振り返る。

「どうにも、怪しい場所に辿り着いた。とにかく俺は、あの子どもを追い掛ける。子どもと言えば、行方不明になってる国主の娘の可能性もあるからな。……飛、お前は今すぐ拠点に戻って、桃たちにこの事を知らせてくれ」

「いや、俺もついていくよ！　朝緒くん」

洞穴へと歩き出そうとした朝緒を、川堀は引き留める。朝緒は困ったように片手で首筋を擦りながら川堀を振り返った。

「だけどな、飛……お前はまだ足が本調子じゃねぇだろ？　それに、万が一のために他の奴らにも連絡は入れておきてぇ。生憎、桃の式羽も今は持ち合わせてねぇし」

「それを言うなら、朝緒くんの怪我の方が酷いだろ！　……だから、君を一人で行かせるのはやっぱり心配だ。それに、幽世に来てからの俺は全然、如月屋さんの役に立ってないから……挽回、したいんだよ」

食い下がる川堀の「役に立ってない」という言葉に、朝緒は以前の自分の考え方が重なってしまって、思わず短く目を伏せる。そして、小さく鼻から息を漏らすと、川堀に頷いて見せた。

「……わかった。じゃあ、二人で行くぞ。だが、無理は許さねぇからな？」

「うん。わかってるよ、朝緒くん」

真剣な表情で力強く頷いた川堀を連れ、朝緒は邪気が満ち溢れる洞穴へと足を踏み入れた。

朝緒が持つランプの明かりで照らされた洞穴内は、光も呑み込まれそうなほどの濃い闇と、噎せ返るような邪気が充満していた。朝緒は邪気によって息苦しくなるのを耐えつつ、月明かりの漏れる洞穴の入り口から更に離れて奥へと進む。

ふと、その幾重にも墨で塗りつぶされたような暗闇から、ランプの明かりを反射して、きらりと八つの小さな光がきらめいた――と同時に、闇の中からずるりと蜘蛛の巨体が現れ、轟音を立てて巨大な蜘蛛妖怪が迫ってきた。

「は⁉　……あぶねぇ、飛！」

「え？　朝緒く……うわあ！」

朝緒は咄嗟に川堀へと体当たりをして、蜘蛛妖怪の巨体を躱した。瞬時に、朝緒は倒れ込む川堀を庇うように立ち上がり、突如現れた蜘蛛妖怪を注視する。

「！　……こいつも、蛇ノ目中毒者か！」

朝緒はすぐに、ランプの明かりに照らされた蜘蛛妖怪の体表に蛇の目模様を見つけて、目を見開いた。そして、現状の間の悪さに歯噛みする。あの蛇ノ目中毒者を鎮めようにも、今の時間帯では朝緒は祓いの御業を使えないし、足を思うように動かせない川堀に無理をさせるわけにもいかない。

（……こうなったら）

ただし、一つだけ。この窮地を脱することが出来る方法があった。

それは、朝緒が妖狐へと変化すること。

しかし、そんなことをすれば、川堀に自分が半異形であることが知られてしまう。弥朔にさえ知らせていないこの事実を、異形殺しである川堀に知られるのは当然躊躇われた。

朝緒は一瞬逡巡するが、背後で小さく呻きを上げて倒れている川堀を見て強く歯を食いしばると、いよいよ腹を括った。

「……やるしかねぇ」

短く深い息を吸って、朝緒は瞳を閉じる。すると、朝緒の顔に〝狐面〟の青い紋様がするすると浮かび上がった。細く、長い息を吐き出すのと共に、朝緒は身軽に宙返りをして――完全に金毛の妖狐へと変化する。

「朝緒……くん？」

妖狐へと変化した朝緒を終始、大きく目を見開いて凝視していた川堀が、ぽつりと零す。

朝緒はそんな川堀を大きな青い双眸で見返して、短く答える。

「少し、そこで待ってろ」

朝緒は蜘蛛妖怪の前へ躍り出ると、尻尾を真上に立てて、低く唸りを上げた。

「燐火、金火、白華――三つ火よ灯れ。我が尾に宿れ」

朝緒の頭上に、青、金、白の狐火がぼうっと灯った。その三色の狐火と朝緒目掛けて、蜘蛛妖怪が長い足を次々と振るってくるが、朝緒は軽く跳んで避けながら、まじないを唱える。

「無限の藍より溶け出づるは夢幻。並び立ちては、逃げ水に落つる」

まじないと共に、水滴が、水面に落ちる音が幾重にも重なって聞こえる。

三色の狐火が、全て鮮やかな青色へと変わった。青い狐火は、ぐるぐると朝緒の頭上を回る度に数が無数に増えてゆく。そうしてついには、朝緒の頭上から離れて、蜘蛛妖怪の脇へと灯籠の如く並んだ。暴れ回っていた蜘蛛妖怪は、途端にビタッと固まる。

無数の狐火の、妖しい青に染められた蜘蛛妖怪。その眼前には、巨大化しているはずの蜘蛛妖怪よりも更に大きな影が迫る。

「撫でろ、燐火――〝蜃王遊々〟」

蜘蛛妖怪を覆い、見下ろすように現れたのは、狐の顔を持った恐ろしく巨大な龍。

龍は膨大な妖気を放ち、蜘蛛妖怪に向かって顎を開くと、肉が張り裂けんばかりの雷鳴の如き咆哮を上げ――その巨大な顎を以て、蜘蛛妖怪を一口で丸呑みにした。

しかし、蜘蛛妖怪は龍に呑まれてなどいなかった。全ては、たった一匹の妖狐が化けて見せた――幻術。

朝緒に化かされた蜘蛛妖怪は、畏れのあまり本能で己の死をも錯覚してしまう。

未だに硬直している蜘蛛妖怪に近づき、朝緒は前足の片方でぽふりと、蜘蛛妖怪に触れる。

「落ゆ」

ほんの短い一言を合図に、蜘蛛妖怪は完全に朝緒の幻術へと呑みこまれ、土煙を立てて地へと伏した。

蜘蛛妖怪が深い眠りに落ちたことを確認すると、朝緒は一息吐きながらくるりと宙返りをして、人間の姿に戻る。

朝緒はすぐに、倒れ込んでいた川堀の姿を捜した。

「おい、飛！　無事か……」

「朝緒くん」

朝緒の呼び掛けを遮ったのは、耳元で聞こえてきた川堀の声。朝緒は肩を震わせながらも、反射的に振り返ろうとするが――背後から顎を強く掴まれて、動けなくなる。併せて、粉末のようなものが視界一杯を覆った。思いがけずその粉末を少量吸い込んだ朝緒は噎せて咳き込みながら、膝から頽れる。

すぐに立ち上がろうとしたが、一向に朝緒の身体には力が入らない。

（な、んだ。これ……こいつは、邪気か？　吐き気と、眩暈が……）

どうやら、濃密な邪気を含んだ薬物のようなものを吸い込んだらしい。朝緒は大きく目を見開いたまま、その場に蹲って激しく嘔吐く。

「っが……げほっ、ごほ……！」

「どう？　蛇ノ目のお味は？　……それにしてもまさか、君が異形だったとはね。今の今まで気が付かなかったよ。もしかして、人間の血が強い半異形だったりする？」

川堀のものとは思えない、冷たい声が降ってきて、朝緒は大きく目を剝いてゆるゆると川堀を見上げる。川堀は歪に目を細めながら、朝緒を鼻で嗤った。

「半異形だったら……もっと最悪。気持ち悪い。さっさと殺してやらないと、ね？」

ガツンと、頭を殴られたような衝撃が朝緒に走った。

そんな朝緒のことなど気にも留めず、川堀は蹲っている朝緒の腹を、強く蹴り飛ばす。川堀の蹴りによって側に置いていたランプにぶつかった朝緒は、ランプと共に地面を転がってゆき、逢魔との殴り合いで負った傷も相まって、倒れ込んだまま苦痛に悶えた。

(俺が、半異形だと知って……幻滅した、のか……?)

突然の川堀の豹変ぶりに、朝緒は邪気に中てられて上手く回らない頭でそんなことを考えながらも、何とか川堀と話をしたいと顔を上げる。

しかし、遠くまで転がっていったランプに照らされ、ようやく闇の中から浮かび上がった洞穴深奥の光景に、朝緒は絶句して固まってしまった。

「は……? な、んだ……これ……」

「あ。これ? 俺が密かに集めたコレクション。どう? 壮観な光景だろ」

心底自慢げな顔をして、川堀は照らされた己の背後を、両手を広げて指し示して見せる。

川堀の背後にあったのは、さまざまな器材が置かれた研究室のような場所だった。そして、その周りを取り囲むように並んでいたのは——蜘蛛の糸で厳重に囚われた、数え切れないほどの虫妖怪たち。

「飛……? お前、これが何なのか……わかんのか?」

朝緒は、まさかと。大きく見開いた瞳を揺らして、茫然と川堀に視線を向ける。

「あはは！　それはもちろん、わかるに決まってるでしょ！　実は俺、柊連で登用できる対異形兵器を創り出す研究をしていてね。異形をより多く殺すには、同じく強力な力を持つ異形を使うことが最も効率がいいと考えた。そこで、比較的力の弱い虫妖怪どもを捕まえて、あれらを蛇ノ目中毒によって巨大化と共に強化させ、操ることが出来る兵器に仕立て上げたいと思ってるんだ」

川堀は子どものように目を輝かせ、満面の笑みのまま早口で捲し立てる。

「でも、虫妖怪どもがいくつかここから逃げ出してね？　そこで、如月屋の君たちに依頼を持ち込んだんだ。柊連の穏健派ですって馬鹿みたいな嘘までついてさ。巨大異形を捜して、幽世へ……俺の下へ返してくれって。そしたらなんと！　逃げ出したほとんどの虫妖怪は死んでいた！　たぶん、蛇ノ目の邪気に耐えられなかったんだろうな～。だけどそのおかげで、新たなこともわかった！　――蛇ノ目に耐えつつ、生きたまま兵器にできるのは、邪気により耐性のある蜘蛛妖怪が一番いいって！」

確かに先刻遭遇した水蜘蛛や蜘蛛妖怪は、以前出会った大百足や辟邪虫と違って、蛇ノ目中毒であっても衰弱していなかった。

「異形を、兵器に……？　そのために蛇ノ目中毒にして、苦しませて、殺して……」

朝緒の脳裏に、濁流の如くぐちゃぐちゃな思考が流れ回る。

そういえば、八束脛国では怪しげな異形殺しを見かけたという噂もあったと雨音から聞いた。

朝緒は全身の血の気が引いてゆくのと共に、猛烈な吐き気にも襲われたが、浅く呼吸を繰り返し、口を押さえて何とか耐える。

「それを、全部……飛、本当にお前が……？　国主の娘を攫ったのも、全部……？」

呟き込みながらも、震える声で朝緒は川堀へと縋るように尋ねる。

どうか、その非道の全てを少しでもいいから否定してくれと。

しかし川堀は、残酷なほどに無邪気に笑って、首肯した。

「あ。国主の娘ね～。あの大妖怪、絡新婦といえど。妖怪の幼体なんて、俺の呪いの暗示にかかれば、容易く玩具にできたよ！　絡新婦の幻術と糸は本当に便利で、一気にたくさんの虫妖怪どもを捕獲し、更に傀儡にまでできた！　――そして、君をおびき出すのにもね？　如月朝緒」

すると、川堀の背後からあの赤い着物を身に纏った少女が現れた。変わらず虚ろな様子のままの少女は片手を掲げて、蜘蛛の糸を繰り出すと、既に動けない朝緒へと何重にも巻き付けて拘束する。

もう地面に転がるしかない朝緒へ目線を合わせるように、川堀は身を屈めた。

「如月屋には、凄く役立ってもらったよ。だけど、君たちは俺の秘密に近づきすぎた。蛇ノ目のことを突き止めて、幽世まで来るなんて思ってもみなかった……だから、この法もない幽世で全員消すことにしたんだ。特に如月朝緒、君は絡新婦を目にしてしまった挙げ句、国主の娘だと勘付いていたからね……まずは君と決めていたよ。それがまさか異形だったとは！　俺も優秀な異形殺しとして目利きになってきたかな？」

川堀が朝緒の髪を鷲掴み、引っ張り上げて愉快そうに朝緒の顔を覗き込む。

朝緒の視線は、川堀を捉えていなかった。川堀の後ろで、人形の如く佇む少女——国主の娘の赤い着物から微かに垣間見える腕や首が、ぼろぼろに傷ついているのが朝緒の目についた。

そして「帰りたい」と遺して死んでいった大百足や辟邪虫、たくさんの虫妖怪の遺骸が、朝緒の冷え切っていた脳内を駆け巡り、思考を滾らせ、烈しい怒りを燃え上がらせる。

「……ざ、けんな……ふざけんなァ！　笑ってんじゃねぇぞ、飛！　てめぇ、自分が何十人殺してきたか、わかってんのか⁉　こんな子どもまで、道具みてぇに扱いやがって！」

「うわ、うるさ～」

噛み殺す勢いで吠えてきた朝緒に、川堀は朝緒の頭を叩きつけるように地へ投げ捨て、耳を塞ぎながら朝緒から離れる。

それにも構わず、朝緒は額から血を流しながら頭を上げて、けたたましく怒鳴り続けた。

「俺たちが捜していたクソ野郎が、てめぇだったとは……！　今すぐにその顔面、殴り潰してやる！　面寄越せ、外道の下衆野郎ォ！」

「あーもー……ほんっと、煩(うるさ)すぎるな。如月朝緒」

川堀が軽く手を掲げると、どこからともなく蛇ノ目中毒となった蜘蛛(くも)妖怪たちが湧(わ)いて出てくる。

朝緒は強く歯を食いしばって、射殺すように川堀を睨(にら)みつけた。

「もう、君の出番はここでおしまい。さっさと死んで、黙(だま)ってな？」

川堀の手が振(ふ)り下ろされるのを合図に、蜘蛛妖怪たちの足が朝緒を貫(つらぬ)こうと鋭(するど)く振り上げられる。

（……何が何でも、死ぬわけにはいかねぇ！　とにかくここから逃(に)げ出して、雨音たちに飛のことを知らさねぇと……！）

邪気に中てられて身体(からだ)もいうことを聞かない中、必死に藻掻(もが)く朝緒であったが、朝緒を縛(しば)る蜘蛛の糸は針金の如(ごと)く硬(かた)い。次に朝緒は、何とかして川堀と蜘蛛妖怪たちから距離(きょり)を取ろうと、地を這(は)いずった。

そんな朝緒の必死の試みも虚(むな)しく、朝緒の頭上に蜘蛛妖怪たちの足が勢いよく迫(せま)る。

「なんしよっと。アオ」

ふと、掠(かす)れた無機質な声が、朝緒を呼ぶ。

思いがけず朝緒は頭を上げると、目の前には既に蜘蛛妖怪たちを軽く吹(ふ)き飛ばす勢いで蹴散(けち)らした、逢魔の姿があった。

逢魔は朝緒の後ろから襲い掛かってきた最後の蜘蛛妖怪を、相変わらず凄まじい回し蹴りで蹴り飛ばして見せると、朝緒の前まで進み出て、片手に持ったランプを朝緒のそばに置いた。

朝緒は唖然とした顔で、逢魔の背中を見上げる。

「逢魔……!?　てめぇ、何でここに」

「アオと川堀がいなくなったって弥朔が騒いでたから、落神と外を捜してた。眠いからもう戻ろうと思ったところで、アオの死にそうな騒音がここから聞こえて……アオの死に方には興味があるから、来た」

何てことないように物騒なことを語る逢魔であったが、その身体はふらついている。ただでさえ元から白い顔も蒼ざめ、目の焦点も合っていない。

先刻は明かりさえあれば短い時間は動けると言っていたが、ランプの光が多少あっても、暗闇に弱い逢魔の身体は思うように動けないのが一目でわかった。

「それで。ぼくには、川堀が異形を操ってアオを殺そうとしているように見えたんだけど。川堀、何か言いたいことでもある？」

逢魔は浅く呼吸を繰り返しながらも、川堀を鋭く見据える。

予想だにしていなかったのであろう逢魔の出現に、川堀は驚いたように目を瞠っていたが、すぐに歪な笑みを浮かべる。

「これは、これは。暗闇の中では五天将という名も片腹痛い、假屋さんじゃないですか！こうなっては、夜が明ける前にあなたにも死んでもらいたいところですが、その前に。もっと面白いものを見たいなあ？」

川堀は腰に差した刀を鞘から引き抜いて、刀の切っ先で朝緒を指し示して見せる。

「先ほどこの眼でしかと見たんですが。それ、い、異形ですよ。しかも大妖怪として名高い妖狐。人間に化けるのも上手いわけだ。假屋さん、あなたはずっと異形なんぞを抱える如月屋に騙され、裏切られていたんです」

朝緒は頭の中が真っ白になった。

今ここで、逢魔に自分が異形の血を引く者と知られれば、身動きすらとれない朝緒は確実に——殺されてしまう。

「異形であれば、誰であろうと殺し尽くす。それが何よりも假屋さんの望みなんでしょう？　さあ、早く殺して見せてくださいよ。そこの穢れた見苦しく弱い異形を！」

次いで、朝緒を襲ったのはやはり、逢魔への恐怖。

川堀の高笑いの声も遠のいていく感覚がする。朝緒は、全身が微かに震えそうになるのを何とか唇を噛み締めて耐えた。しかし、逢魔は朝緒を振り返って見ることもなく、淡々と首を横に振る。

「如月屋はもともと、異形との共存を目指す組織。それを承知でぼくは如月屋に来たから、裏切りとか何とか、そういうのは思いもしないし、どうでもいい。それにぼくは、己の眼で見たものしか信じない。この状況でのきみの言葉は、何よりも信用できないものだ」

逢魔の答えに、川堀は失望したように肩を竦めて見せた。

「なーんだ。狂犬、假屋逢魔といえど。やっぱり情に絆されれば、異形の一匹も殺せないんですね。じゃあ、如月朝緒は俺が代わりに殺しときますよ。五天将の恥晒しめ」

川堀が侮蔑の言葉を吐き捨てる。逢魔は欠片も気にした風もなく、涼しげに灰色の目を細めた。

「きみの発言如きに振り回されるぼくじゃない。あと、万が一。アオがきみの言う通り異形だったとして。アオを殺すのはきみなんかじゃないよ、川堀」

川堀はすっと笑みを収めて、反射的に逢魔へと刀を向ける。

逢魔が、あまりにも強烈な殺気を放ち始めたからだ。

「アオを殺すのは、ぼくだ。——遍く異形は、他の誰にも殺させやしない。いつか必ず、この手でぼくが全て殺し尽くす」

逢魔は今にも誰かを殺さんばかりの殺気を迸らせ、凄絶な笑みを美しく浮かべた。

それを目にした朝緒は、堪え切れずに小さく身震いする。川堀は額に冷や汗を滲ませた。

「っはは……強欲な狂犬め。人間の俺でも心底恐ろしいと思うほど。どうしようもない〝怪物〟だ」

川堀は不意に、素早く片手を掲げた。すると、伸されていた蜘蛛妖怪の一匹が起き上がり、朝緒へと鋭く蜘蛛の糸を放つ。まるで川堀の行動を読んでいたかのように、逢魔が割って入り、硬質化した蜘蛛の糸が逢魔の右腕を貫通した。

「！　……ク、ソが！」

普段の逢魔なら、容易く避けられるはずの攻撃。やはり暗闇も相まって、逢魔が本調子でないのが朝緒にはすぐわかった。蛇ノ目の邪気に中てられて、動くことすらままならない朝緒は自分だけが何もできない歯がゆさに、呻くように低い声を漏らした。

しかし逢魔は、右腕を貫いた蜘蛛の糸をそのまま巻き取ると、人間離れした剛力で糸を操る蜘蛛妖怪を糸ごと振り回し、川堀へと蜘蛛妖怪の巨体を投げやる。

「まったく……人間業じゃない、な！」

川堀は舌打ちしながら、蜘蛛妖怪を避け、大きく跳んで後退った。

逢魔はその隙を逃さず、懐から桃の式羽を取り出して息を吹きかける。すると、式羽は人間より一回り大きいサイズの鳶の式へと変化した。

逢魔が顎を振って見せると、鳶の式は足で朝緒の身体を掴み、大きく羽ばたいて飛び立った。朝緒は思いがけず目を丸くして、逢魔に叫ぶ。

「は……待て。おい、どういうつもりだ!?　逢魔！」

「今のアオ、荷物でしかない。邪魔」

　逢魔は飛んで行く朝緒へ流し目で一瞥をくれてやると、如何にも煩わしそうに目を細めた。

「出直して来い——一つ、貸しだ。アオ」

　蜘蛛妖怪を振り回したせいで、そこらに転がっていたランプは全て壊れ、灯が消える。

　一気に夜の闇が濃くなり、とうとう耐えられなくなった逢魔はその場に頽れた。

　身体の自由が利かない朝緒はただひたすらに、川堀によって蜘蛛の糸で囚われてゆく眠りに落ちた逢魔を見えなくなるまで茫然と見つめる他なかった。

　川堀がいた洞穴から遠く離れた場所で、鳶の式によって地へと降り立つ朝緒。

　鳶の式と共に、朝緒は蛇ノ目による眩暈と吐き気に耐えつつ、自分の身体に纏わりつく蜘蛛の糸を解いてゆく。

　糸を解き切った朝緒は未だ茫然としたまま、己が逢魔によって逃がされたこと、庇われたことを痛感した。

（また、あいつに……助けられた……でも、俺が異形の血を引いてるって。あいつに、知られちまったかもしれねぇ……）

現在、朝緒の頭の中を占めているのは、そのことだけだった。

川堀によって、朝緒が異形の者であるという可能性が少しでも示唆されてしまった。

逢魔は川堀の言葉を信じないと言っていたが、異形に関しては鋭く敏感なあの逢魔だ。

もしかしたらもう、朝緒が半異形であることに勘付いているかもしれない。

(あのまま、あいつを飛のところに放っておけば……俺は殺されずに、済むのか……？)

そこまで考えて、朝緒は我に返り、はっと息を呑む。朝緒は未だに小さく震える己の両手を見ながら、ガチッと、歯が砕けてしまう勢いで強く食いしばった。

(今、俺は……何を考えた？　我が身可愛さに、あいつが、死んだ方がいいって。んな馬鹿げたことを、俺は一瞬でも……！)

このまま逢魔がいなくなった方が自分にとっては都合がいいのではないか？

そう一瞬でも思い至ってしまったことに、思いがけず朝緒は激しい自己嫌悪に打ちひしがれた。

「一番のクソ野郎は、俺じゃねぇか……！　クソ、クソッ……クソォ！」

震える両手で髪を掻きむしり、朝緒は何度も地面に額を打ち付ける。

『……は……たいの……』

しかし、ふと、鳶の姿から羽へと戻った式羽から声が聞こえた。

「？　……この声、飛と逢魔か……？」

おそらく、式が飛び立った際に、式羽の一枚が逢魔たちの近くに落ちたのだ。

「……まだ、意識はあるのか……あいつ」

朝緒はおもむろに式羽を手に取ると、確かに聞こえる逢魔と川堀の声に、耳を傾けた。


逢魔は川堀によって蜘蛛の糸で腕だけを拘束され、地に横たわっていた。朝緒よりも拘束が緩いのは、逢魔が暗闇の中では動けないことを知ってのことだろう。

川堀の研究室に灯された蠟燭の火の小さな明かりで、現在逢魔は辛うじて意識を保っている。朝緒がいれば、あの恐怖の入り混じったけたたましい声に無性の苛立ちと激しい怒りが湧いて、嫌悪しか感じないものの、否応なく眠気も覚めてくるものなのだが。

逢魔は眠気に耐えながらも、研究室内に張り巡らされた「効率よく異形を殺すには」という川堀が書き記したのであろう資料を見て、重い口を開く。

「きみはどうして、異形を殺したいの」

あちこち歩き回って、捕らえた虫妖怪たちの身体を弄り回していた川堀は足を止め、そのまま短く答える。

「そりゃあ、異形が憎くて堪らないからですよ。いくら殺しても足りない」

「そう。……じゃあ、きみは異形に、何か危害を加えられたことがあるのか」

「いえ。そんな経験はないです」

川堀の即答に、逢魔は目を細める。

「異形と、話したことはないのか？」

「話？　あはは、可笑しなことばかり言うなあ、假屋さんは。害悪な怪物なんぞと、話なんてできるわけがないですよ。異形は、存在することも許されない。生きているだけで害しかまき散らさない、人間の敵でしかないモノです。誰でも幼い頃から知ってることですよ？　そもそも、今の柊連も甘すぎるんです。幽世の秩序を考慮して、害悪異形しか殺さないだなんて。なので、俺は假屋さんの〝全ての異形を殺し尽くす〟って思想だけは立派だと思ってます」

逢魔は目を伏せて小さく息を吐く。「全ての異形を殺し尽くすべきだ」という思想は同じでも、異形と会話すらもしたことが無い川堀と自分とでは、万象の考え方の根底から、何もかもが違うのだと思ったのだ。やはり自分は、普通の人間や異形だけでなく、同じ異形殺しとも理解し合えないのだと。改めて、諦めの境地に至った。

おそらく川堀は、異形殺しを輩出する名門家の出自だ。古くから続く、そういった異形殺しを生業とする旧家の一派は、異形に対する思想が過激に偏っていることが多い。その個人の視野をも狭めてしまう洗脳に近い思想を、川堀は幼い頃から強く植え付けられてしまったのだろう。

逢魔の同僚にも、川堀と同じ考えをする所謂〝エリート家系〟出身が何人もいた。

今の若い異形殺しには、己の思考を持たず、異形を殺すことを柊連での出世の手段としか見なしていない者も多い。だが、そういう考え方の方が、異形殺しというものは楽に生きられるのかもしれない。逢魔は密かに、そんなことを思っていた。

川堀はようやく逢魔を振り返って、呆れたように肩を竦めて見せる。

「それにしても、如月屋の連中は本当に理解できませんよ。どうして害と恐怖しか生まない、憎み忌むべき敵でしかない異形などと、共に生きたいと思うのか。人殺しの怪物なんかと、共に生きられるはずがない。やはり害悪異形だけでなく、全て殺し尽くすべきだ」

それを聴いた逢魔は無意識に、理想を語る朝緒の言葉が頭に過った。そして、その甘過ぎる理想を内心で「くだらない」と一蹴すると、極めて静かな声で独り言のように呟く。

「ぼくも、害悪であろうがなかろうが、異形は全て殺すべきだと考えてる。だけど、誰かさんのおかげで、嫌になるほど異形という存在を振り返って……再び、思い知らされたんだ。きみは知らないだろうが、異形にも親がいる。兄弟姉妹がいる。子どもがいる。家族だけでなく、友人や仲間たちがいる……彼らが人間の命や安寧を脅かす存在であることは間違いない。だが彼らにも、大切な誰かがいる。生命がある」

灰色の逢魔の眼が、ゆるりと開かれる。

「ぼくはそれらを改めて深く心の内に留め、それでも彼らを殺すと決めた。必ずいつかは、遍く異形を殺し尽くすと、固く決めた。それが、ぼくの生きる時間――ルールと成った」

逢魔は揺るがない強い視線を以て、川堀を見据えた。

まるで、癇癪を起こした子どもに言い聞かせるように。

「異形殺しは〝人殺し〟だ。何にも勝る、怪物だ。きみには、怪物のルールの中で生きてゆく覚悟は。己が、地獄そのものと成る覚悟は、あるか」

逢魔のどこか凪いでいても、鬼気迫るような問いに川堀は気圧されて沈黙を置くが、すぐに鼻で嗤って見せて、逢魔に背を向けると首を横に振った。

「異形殺しは、人間の英雄だ。人殺しの怪物？　そんなものであるはずがない。異形殺しは、それこそ人殺しの怪物である異形共を駆逐する、人間の希望なんだから。俺は全ての異形を根絶やしにするために、必ず強力な兵器を創り上げ、俺の存在を柊連の上層部に認めさせてやる。異形を殺し尽くすのに邪魔な如月屋も、俺の兵器の実験台になってもらう。そして、最後にはあなたの五天将の席を、俺のものとしますよ」

川堀は低く笑って、逢魔を横目で見やる。

「まあ。まだ、あなたは如月屋を潰すための最終手段の道具として使わせてもらいますけど」

「……口封じで……人間も殺すのか」

「ええ。今はまだ、俺のこの事業を知られてしまえば、柊連の規律を乱す罪人と見なされてしまう。それは避けたいですから。〝大義〟のためなら、俺は少しの犠牲も厭わない」

川堀の言葉を朦朧とする意識の中で聞いていた逢魔は、眠りに落ちる寸前。最後に小さく独り言ちた。

「……異形殺しに、大義なんてものはない。ぼくらは……異形を殺すことでしか、生きられない。だから、異形殺しなんだ……」

そこで、逢魔と川堀の会話は途絶えた。

滅多に聴くことなどできない、口数が少ない逢魔の数々の言葉に、朝緒は聴き入っていた。

そして、朝緒は改めて強く思い知った――逢魔ほどの〝異形殺し〟はいないと。

(あいつが、逢魔が異形を殺すのは……母親を殺された憎しみとか、復讐のためかとも考えたが。やっぱり、そうじゃねぇ)

朝緒は逢魔が異形に向けていた視線や、数々の殺気を顧みる。その全てには、憎悪も嫌悪も無く、ただひたすらに真っ直ぐで――純然とした、殺意だけがあった。

逢魔は、もとから朝緒以上に理解しているのかも知れなかった。異形という存在の本質を。異形に育てられたのだから、もしかしなくても、朝緒の知らない異形の一面もたくさん知っている。

だからこそ逢魔は、飛のような空っぽな偏見(へんけん)でできた思想のためでもなく、ましてや出世欲のために異形を殺すことなどしない。誰よりもきっと、偏見も無く異形を知っているからこそ、異形を殺そうとしているのだ。

(逢魔にも、〝人間と異形の共存〟を目指す俺の理想と同じような——確固たる、理想があるんだ。そのために逢魔は、異形を殺す。だから、異形を殺さないと生きていけないなんて、ふざけたことをぬかしやがる)

朝緒は、そう確信した。

そして、朝緒はこうも思う。決して相容(あいい)れることのない理想を互(たが)いに持つ、朝緒と逢魔は現在の「人間と異形」の関係性に、よく似ていると。

それならば、尚更(なおさら)自分は逢魔という「相容れることができない存在」から逃(に)げてはいけない。朝緒は固く決心して、心の底から奮い立った。

同時に、逢魔という今の朝緒では欠片(かけら)も敵(かな)いもしない生粋(きっすい)の異形殺しへの恐怖心も、当然湧いてくる。しかし、もう朝緒にとっての恐怖とは、慣れ親しんだ感情だった。

「逢魔が、誰を殺そうとしようが、いつか俺を殺そうとしようが……関係ねぇ。逢魔の殺しは全部、俺が止めればいい話だろ。前からそう、決めてたじゃねぇか」

蹲っていた朝緒は、ゆっくりと立ち上がる。前だけを見つめる、鋭く、何よりも青い双眸には、もう決して迷いなどなかった。

「まず何より。逢魔なんぞに借りを作ったまま死なれるのは、あまりにも気分が悪すぎんだよ。クソが」

この世で一番嫌いな人間。それが、朝緒にとっての逢魔。

ただひたすらに、自分の理想を叶えるため。気に喰わない奴に「負けない」ため。あの一番嫌いな人間を、一番近くで見張っておくことで、常に邪魔をしてやらなければならない。

それが、新たな朝緒の生きる時間の中に、嫌でも組み込まれたことを深く心に留め。

朝緒は、川堀の企みを如月屋の面々へと伝えるため、未だいうことの聞かない身体を無理やりにでも引き摺りながら、拠点に向かって走り出した。

朝緒は途中で眩暈によって嘔吐しながらも、大きく息を切らして走り続け、他の如月屋一行が集う拠点の洞穴へと何とか辿り着いた。岩壁に手をついて洞穴の中を覗くと、そこには雨音しかいない。

雨音は驚いたように目を丸くして、青白い顔で荒い呼吸を繰り返す朝緒に駆け寄る。

「朝緒！　お前、いったいどこに行っていた？　それに、川堀さんは？　一緒ではないのか」

「っは……はあ、はあ……よく聞け、雨音。飛は……虫妖怪たちを攫った張本人。八束脛国と蛇ノ目の事件全てに通じる、黒幕だった……！」

「！　……なんだと？」

朝緒は雨音に、これまで起こったことの全てを伝えた。

如月屋に近づいた川堀の企み。朝緒を庇って、川堀に囚われてしまった逢魔。そして、川堀は真実の全てを知った如月屋全員を、殺そうとしていること。

早口でそれらを全て話し終えた朝緒は、拳を握って雨音に強い視線を向ける。

「このまま新人を放っておくわけにはいかねぇ。俺は妖狐になってでも、奴を連れ戻す」

今にも飛び出して行く勢いの朝緒の肩を片手で強く掴んで、雨音は宥めた。

「ほんの少し前までは、蛇と睨まれた蛙のようだったが。俺の杞憂だったな――だが、そう焦るんじゃない。今の状況でお前に妖狐になられるのは困る」

雨音の言葉に眉根を寄せた朝緒へ、雨音は順を追って説明する。

「話を聞くに、緒土殿の娘と八束脛国で行方不明となった数多の虫妖怪たちが川堀によって拐かされ、蛇ノ目中毒に侵されているのであれば。俺たちは、なるべく無傷に近い状態で彼らを保護しなければならない。しかも、川堀に操られ暴走している彼ら全員をな。多勢に無勢なうえ、かなり難しい仕事だ。それを朝緒、妖狐となったお前一人で果たせるか？」

「……いや……それなら一体、どうすりゃいいってんだ……！」

拳で岩壁を叩いて唸る朝緒に、雨音は鋭い双眸を更に細めて見せると、淡々とした声で断言した。

「……蛇ノ目の軍勢は厄介極まりない。だが、策はある」

第六章　朝緒の時間

『本当に、飛はお兄ちゃんと違って、異形殺しの才能があって良かったわね。あなたならきっと、五天将さまのような異形殺しの英雄にもなれるわ』

子どもは、幼い頃より祓いの力が強く、一つ年上の兄の何倍も優れた異形殺しの技を身につけていた。

一方、一つ年上の兄は生まれた時からの落ちこぼれ。祓いの御業の一つも使えない。

『まったく、あいつはどうしてこうも飛と違って愚図なんだ……』

『ええ、いったい誰に似たのかしら……あれが嫡男だと、川堀の名に泥がついてしまうわね』

『役立たずの穀潰しめ』

『本当に。役立たずは困ったものだわ』

真夜中のリビング前で。子どもは、そんな両親の愚痴を密かに聞くのが好きだった。

自分は、役立たずな兄とは違う。自分には、他人とは一線を画するほどの特別な才能がある。きっと、自分こそが、異形殺しの英雄になれるのだと。ずっと、そう思っていた。

『まあ、すごい！　また昇進⁉』

『おお！　流石は俺の子だ、よくやった！』

兄は、柊連に入隊すると共に、ぐんぐんと精度の高い異形殺しの技を習得し、劇的な成長を遂げた。年若くして何度も昇進し、入隊の四年目にはそれなりに高い地位へと昇ってしまった。

一年遅れて子どもも柊連へと入隊するが、兄のような劇的な成長を遂げることはない。生まれながらに持ち合わせた才能とやらは、柊連の中では凡人も同然のものだった。入隊四年目となっても、子どもは一度も昇進することはなかった。

子どもはまた密かに、夜のリビングに耳を澄ます。

『やっぱりあの子は天才だったのよ！　……それに比べて、飛ときたら……』

『ああ。飛ももう十九となるのに、昇進すら一度もできんとは……』

それ以上は、聞きたくなかった。それでも、聞かずにはいられなかった。

『あの子の方が、何の役にも立たない。ただの穀潰しだったわね……』

『ああ、まったく。川堀家の恥晒しの、役立たずめ』

穀潰し。川堀家の恥晒し。役立たず。

違う。それは、兄の方だ。自分には他人とは違う、特別な才能があるはずで。

いつか必ず、憎き異形を殺し尽くす、異形殺しの英雄となるのだ。

『川堀飛は、凡人。兄にも劣る、無能の役立たず』

違う。凡人でも、役立たずでもない！　自分が兄よりも劣っているなど、あり得ない！　子どもは、今すぐ証明しなければならなかった——自分にこそ、〝英雄〟という役があるのだと。そのためにはまず、異形をもっとたくさん殺さなければならない。どんな手を使ってでも。

異形を殺して、殺して、殺して……殺し尽くして。兄をも容易く超える地位——柊連で最も優れた傑物と謳われる〝五天将〟となって見せることで。再び、才能も格式ある家名も血統も無い、他の凡人共を見下してやるのだ。

両親に、認めてもらうのだ。振り向いてもらうのだ。自分こそが英雄であると。褒めてもらうのだ、昔のように。「兄よりも優れている」と。


グイッと。右腕を強く下に引っ張られる感覚で、川堀は物思いから覚めた。

現在、川堀は逃した朝緒を含めた如月屋全員を始末するため、幽世門周辺一帯が一望できる丘の上へと陣取っていた。

川堀は引かれた右腕の方を見下ろすと、赤い着物を身に纏った絡新婦の少女が、小枝のようなか細い手で川堀の腕を引いている。

「何か異常があれば報告せよ」という強い暗示をこの少女にかけていたので、おそらく何かを知らせるために川堀のもとへ来たのだろう。

川堀は乱暴に絡新婦の少女の手を振り払うと、鋭く睨みながら低い声で促した。

「穢れた手で俺に触るな、バケモノめ。……それで。何があった」

「……」

少女は、虚ろな目で少し遠くを指さした。川堀は目を細めて、少女の指さす方向を見つめる。すると、川堀が陣取る丘の反対側に、見覚えのある人影が数名確認できた。

川堀は忌ま忌ましく舌を打ち鳴らす。

「奴らめ……あの人数で、俺と真っ向から勝負する気か。馬鹿馬鹿しい」

間違いない。如月屋だ。

(蜘蛛妖怪共を完全に操るのに、少々時間を食ったが……まあ、いい。如月朝緒も捜す手間が省けた。如月屋諸共、蛇ノ目による軍勢で容易く木っ端微塵にできる。奴らは俺が創った兵器を試す、最初の実験台だ)

川堀は歪に口角を吊り上げると、絡新婦の少女に指示を出した。

「蜘蛛共を全て出せ。そして、如月屋の連中を跡形もなく皆殺しにしろ」

少女は言われるがままに両手を伸ばして、十本の指から伸びた無数の糸を弦楽器でも奏でるかのように動かす。

そうして、川堀の立つ丘の後ろから土煙が爆発するように噴き出し、地鳴りが止むことなく轟き始める。

一瞬にして川堀の立つ丘の周りは、数え切れないほどの巨大化した蜘蛛妖怪の軍勢によって埋め尽くされ、怒濤の如く如月屋へと迫るのであった。

時は少しだけ遡り。川堀が蜘蛛の軍勢を率いてくる、数十分前。

幽世の満月は、現世の月の光よりもいっそう青白く。現世よりもいっそう深く、濃い夜闇を黒く引き立てる。風は恐ろしいほど凪いでいて、生温い。そんな、どこか纏わりついてくるような柔く重い空気を肺いっぱいに吸い込んで、二本の榊の枝を持った朝緒は、振り返った。

「ふう……海月の紋は、こんなものか」

すぐそこでは、雨音が錫杖で地面に大きな模様を描き終わったところであった。

朝緒とその隣にいた弥朔は、雨音が機械の如く精密に描き出した、その紋様を見渡す。

それは、弥朔が全身に神気を降ろし、纏うための陣――〝横半月に一つ引き〟と呼ばれる、海月家の家紋であった。弥朔によると、神気を貸し与えてくれる弥朔の実家の神社で祀る神は、この海月家の家紋を目印に、完全に神気を降ろすのだそうだ。

朝緒は弥朔へと、手に持った榊の枝を掲げて見せる。

「じゃ、クラゲ。海月の紋の中心に立ってみろ。最後に俺たちが榊を差して、神気が降ろせるようになったか試す」

「うん、わかった。お願いします。朝緒、桃さん」

弥朔は海月の紋の中心へと向かい、朝緒と桃は二手に分かれ、その〝横半月に一つ引き〟の四隅へ榊の枝を差した。

海月の紋の中心に立った弥朔は瞳を伏せ、軽く手を掲げながら柏手を鳴らした。すると、弥朔の一束に編んだ三つ編みがふわりと浮きたち、弥朔の全身から濃い橙色と藍色の神気が螺旋を描いて溢れ出た。

「これなら十分だな。弥朔！　もう楽にしていい」

雨音の声を受けて、弥朔は伏せていた目を開き、慎重に長く息を吐いた。神気は収まり、浮き上がっていた弥朔の髪束がゆっくり背に落ちる。

雨音は地面に置いていたランプを拾って、弥朔のもとへと歩み寄っていく。それに倣って、朝緒と桃も弥朔のいる海月の紋の中心へ向かった。

如月屋面々が輪になって集まったところで、雨音がそれぞれに視線を巡らす。

「では、戦の準備も整った。もう一度、俺たちの陣形を確認する」

雨音はまず、朝緒たちがいる場所の反対側へと錫杖を向けて見せた。

「俺の推測ではおそらく、この場で俺たちの姿を確認した川堀はあそこにある小高い丘のような岩山に陣取って、蛇ノ目中毒者たちを攻めさせてくるだろう。あの場所であれば指揮を執りやすいし、ここら一帯の地形も把握しやすい」

雨音の指す錫杖の先には、確かに丘のような岩山があった。そのさらに向こう側にある、入り組んだ岩壁の狭間に、川堀の研究室が位置している。朝緒から聞き及んだ話も踏まえて、雨音は川堀の攻め方を予測したのだろう。

錫杖を再び地面について、雨音は視線をこちらに戻す。

「俺たちはこの場所で、真正面から奴を迎え撃つ。前衛は桃、中衛は俺、後衛は弥朔の配置とし、朝緒には遊撃役を担ってもらう。戦法としては主に、前衛の桃が攻めてくる蛇ノ目中毒者たちを全て、一時的に動けなくなる程度に蹴散らす。その隙を突いて、中衛の俺や朝緒が弥朔の神気や封印術等を用いて動けなくなった蛇ノ目中毒者たちの鎮静化を図る、という形だ」

雨音の語る戦術に、桃はわざとらしく肩を竦めて見せた。

「はー。俺一人だけ、荷が重すぎねぇ？　動けなくなる程度に蹴散らすって……殺す方がまだ随分と楽だ。ちなみに祓いの御業は使っても？」

「いや、お前は一切祓いの御業は使うな。お前の祓いの力はあまりにも強力過ぎて、蛇ノ目中毒者たちを容易く殺しかねん。弥朔の神気を纏って身体を張れ、式神使い」

雨音の「式神使い」という言葉に、桃は小さく苦笑を零す。

「つまり、式神との〝神結び〟をやれってことですか、はい。……あれ嫌いなんだよな、俺」

明らかに乗り気でない様子の桃の背中を、前を向いたままの朝緒が強く引っ叩いた。

「俺も前衛に出てぇが、手加減できるほどの力量があんのはお前だけだ、桃。ピーチタルトもう一台追加で作ってやるから。我慢して、やれ」

「え、まじ？　なら全然やるけど。何だよ朝緒。珍しく太っ腹じゃねぇか」

食べ物に釣られやすい桃が目に見えて調子に乗り始めたので、朝緒は呆れてそっぽを向いた。

「その代わり、一人でも重傷者を出したらしばき倒すからな。馬鹿力ゴリラ」

「朝緒に同感だ。くれぐれも慎重に、真剣に取り組め。馬鹿力のクズ男」

「相変わらず、俺は如月兄弟からの信頼が厚いようで嬉しいね」

ふと朝緒は、弥朔が険しい表情をして微かに俯いているのに気が付き、弥朔に声を掛けた。

「大丈夫か、クラゲ。顔色悪ぃぞ」

「うぇ、あ、ああ！　……うん。ちょっと、だいじょばない、かも」

弥朔の重ねて固く握(にぎ)った両手は、細かく震(ふる)えていた。おそらく、極度の緊張(きんちょう)と恐怖(きょうふ)によるものだろう。

朝緒は当然だと思った。まだ、逢魔の次に如月屋の従業員となって日の浅い弥朔にとって、初めての〝死〟を間近で感じる仕事――というより、戦いだ。そんなもの、怖(こわ)いに決まっている。

朝緒は弥朔の細い肩に軽く手を置くと、僅(わず)かに身を屈(かが)めて弥朔と視線を合わせた。

「心許(こころもと)なくて、もうどうしようねぇと思ったら、すぐに俺を呼べ。いつでも駆(か)けつける。お前はただ、いつも通りどっしり構えてろ。いいな？」

朝緒の言葉に弥朔は一瞬目を見開くが、弾(はじ)かれたように朝緒から顔を背(そむ)けて小さく噴き出すと、笑いながらまた朝緒を振(ふ)り返った。

「っふ……ふふ。ほんっと朝緒は、かあわいいな？」

弥朔の予想だにしない「かわいい」という発言に、朝緒は不機嫌(ふきげん)そうな声を上げる。

「ああ？　お前、誰(だれ)が……」

「あと、ありがと。朝緒の激励(げきれい)はよく効くよ――あ。ついでに今の台詞(せりふ)、同人誌で使ってもよろしくて？」

「よろしいわけねぇだろうが！」

ようやくいつもの調子に戻った少年少女に、雨音は笑いの混じった息を小さく吐くが、すぐに鋭い眼差しで如月屋面々を見回した。

「そして、最後に伝えておくが。俺たちの勝利条件は——国主の娘である、絡新婦の邪気祓いだ。ついでに逢魔の救出もあるが」

「あー……なるほど。そういう感じ。ついで扱いされてる假屋、笑える」

雨音の言葉に納得する桃だったが、朝緒と弥朔はどういうことだと首を傾げる。そんな二人にも、雨音は丁寧に語って聞かせた。

「朝緒から得た川堀の情報を踏まえると。おそらく蛇ノ目中毒者たちを直接的に操っているのは、川堀ではなく絡新婦の方だ。名の力が強い大妖怪でもある絡新婦の幻術は、非常に強力。数多の異形を操ることもできよう。なので、川堀の陣形を崩すなら絡新婦の邪気を祓って鎮静化させる。すると、操られた他の蛇ノ目中毒者たちの鎮静化も更に容易となるはずだ」

加えて桃が、雨音の思惑を汲み取って語る。

「朝緒の話聞いてる限り。絡新婦は川堀が側に置いてんだろ、たぶん。つまり、とにかく蛇ノ目中毒者の軍勢を突っ切って、あの丘に陣取ってるだろう川堀を直接叩けば、絡新婦の方も炙り出されてくるわけだ」

「ああ。桃の言う通りだ」

「そういうことか……！」

納得して頷いて見せる朝緒に、雨音は静かに視線を向ける。

「朝緒。お前には、直接川堀を相手取ってもらい、絡新婦の邪気祓いと保護を任せたい。それと、ついでに逢魔の救出もな」

「！　……俺が、国主の娘と、逢魔を」

朝緒はふと、「策がある」と語っていた、先刻の雨音の言葉が脳裏を過った。

妖狐になってでも川堀に挑む、と言ってきかなかった朝緒に、拠点の洞穴内で雨音はこう語って聞かせた。

『中毒者たちの全てを無傷で保護。となると、弥朔の神気による中毒者たちの鎮静化だが、それはほんの一時的なものに過ぎん。またすぐに彼らが暴れ出してしまう。そこでまずは、中毒者たちの体内に溜まり込み、凶暴性を暴発させ、川堀が操る糸としている蛇ノ目の邪気だけを祓うことが先決だ。そんな至難の業を成せるのは、朝緒。妖狐のお前も頼もしいが、人間のお前しかいない』

『！』

雨音の確信したような言い草に、朝緒は大きく目を見開く。しかし雨音は、変わらぬ様子で朝緒へと語り続ける。

『俺や桃の祓いの御業では、体内の邪気だけでなく中毒者たちの肉体も傷つけ、瀕死にしかねない。だが、朝緒。お前の祓いの力は異形の肉を傷つけることもままならん——それゆえに、誰よりも繊細だ。お前の祓いの御業であれば、蛇ノ目によって膨れ上がった邪気だけを祓い、彼らを苦しみから解放してやれる。しかも、彼らをほとんど傷つけることなくな』

朝緒は確かに、と頷きかける。だが、すぐに覇気のない声を小さく漏らした。

『でも俺の祓いの御業は、夜明け前でしか……』

『そこは案ずることなどなかろう。俺たちは、如月屋だぞ？　お前の時間が訪れるまで、如月屋の総力を以てして持ちこたえる。だから朝緒、お前はただ真っ直ぐ前だけを見ていろ。如月屋随一の、救いの祓い。期待しているぞ』

雨音の言葉を改めて思い出して表情を引き締めた朝緒に、雨音は頷いて見せる。

「ああ、お前しかいない。朝緒、お前が俺たちの要となれ」

雨音からの再度の激励に、朝緒は即座に答えた。

「飛の下衆野郎は叩きのめすし、クソ新人には借りがある——任せろ、全部」

そんな朝緒の力強い言葉と共に。

ドォン！　と。川堀が陣取ると思われる丘の向こうから、轟音と土煙が大きく上がる。併せて、おびただしい数の異形の妖気と禍々しい邪気の気配も、どっと溢れ出た。

雨音は川堀の襲来を知らせる音と気配を背に、如月屋の面々へと鋭く視線を巡らせ、淡々と指示を出す。

「桃、最前線へ出る準備を。俺もできる限り、後ろでサポートをする。朝緒と弥朔は神気を降ろす祝詞を頼む」

「承知」

雨音の指示に、三人の声が重なって答えた。

「如月屋、出陣だ」

最前線へ向かう朝緒と桃は、如月屋の陣の先頭で二人並び立っていた。

朝緒の隣に立つ桃は、担いだ大刀の柄で軽く肩を叩きながら片手をかざし、こちらに迫りくる無数の蜘蛛妖怪たちを眺めて呑気な声を漏らす。

「おーおー。奴さん、派手にやりやがるなあ」

「……」

「俺とガー子がお前を丘まで引っ掴んで、飛ばしてやれば一番楽なんだが。それだと地上から無数の蜘蛛の糸が飛んできて、格好の的になるだろうし。やっぱこの軍勢じゃ、目立つ空からは丘に近寄れねぇか」

蜘蛛妖怪たちの軍勢を目にし、ひどく緊張が高まるのを感じて息を呑む朝緒。そんな朝緒を一瞥した桃は、いつもよりも強い力で朝緒の肩を叩いてきた。

「ま。何事もほどほどにやれ、朝緒」

「は……お、おい！　桃！」

すぐそこに迫った蜘蛛妖怪の軍勢に向かって真っ直ぐ進みながら、桃は朝緒へと後ろ手に軽く手を振って見せた。

「んじゃ、俺は先行くぞ」

ふと、散歩にでも繰り出すかのような足取りの桃の隣に、巨大な鳶が降り立つ。

「つーか、やっぱ俺が一番面倒な役回りだろ、これ。まじ最悪だな、ガー子」

桃が隣に降り立った巨大な鳶の式神ガー子を横目で見上げて声を掛けると、ガー子はどこか急かすように一声鳴いた。

ガー子の声に桃は小さく息を吐いて、後頭部からうなじを煩わしそうに片手で擦っている。

「ったく、おまえもやる気かよ。俺は嫌で嫌で仕方ないんだが……朝緒の絶品ピーチタルトのためだ。久々に、鬱憤晴らしも込みで暴れてやろうか」

桃は肩に担いでいた大刀を、地面に深く突き立てる。そして、いつもかけているカラーレンズの丸眼鏡を外すと、懐にしまった。

「臨、兵、闘、者、皆、陣、列、在、前——」

桃は九字の呪文を唱えると共に、流れるように数々の手印を結び、千鳥足で地面を踏み鎮める。すると、踏み鎮めた地面が輝き、ガー子の羽毛も徐々に金色の光を帯び始めた。

最後に桃はガー子へと、立てた人差し指と中指で四縦五横の格子状に線を空に引く。

「息吹よ混ざれ。血潮よ溶けろ。神結びの御心のもと。我らの御魂を別つ肉を、解いて結べ」

桃の呪文に応えるように、ガー子が桃の額へと顔を寄せる。その額にガー子が触れると、桃は眼を閉じた。

「いざや、呪え——〝八咫金鵄〟」

八咫金鵄。それが、ガー子の真名であった。

ガー子の真名が呼ばれると、桃とガー子は眩い光に包まれ、一つの光へと溶け合う。朝緒は桃とガー子が放つ光に、思わず目を細める。そうして光が収まった後には、式神でも人間でもないモノが一人、立っていた。

「あー、久々だ。この何とも言えん感覚……やっぱ神結び嫌いだわ」

そこに立っているのは、紛れもない桃であった。しかし、赤みがかった黒髪は眩しい金髪へと染まり、両腕は金色の大翼、足は三本の巨大な鳥の足へと変化している。

桃の言う「神結び」とは、式神使いと使役する式神の肉体と魂が融合し、更なる強靭かつ高尚な存在へと変貌する奇跡の御業を指すのであった。

そんな、如何にも嫌そうな顔をして溜め息を吐いている桃の頭目掛けて、ビュンっと鋭く何かが飛んでくる。朝緒は咄嗟に叫んだ。

「桃！　避けろ！」

「！　うおっと」

桃は翼をはためかせて上空に飛び上がり、飛来物を避けた。桃が立っていた地面には、大量の硬化した蜘蛛の糸が突き刺さっている。そこらを見渡せば、いつの間にか蜘蛛妖怪たちが群がって桃を狙っていた。

桃は蜘蛛妖怪の軍勢を、目を細めて眺め、妖しく口角を吊り上げる。

「……さて。楽しもうか」

ゴオッと風を切って、桃は蜘蛛妖怪の一匹へと飛び掛かり、三本の足で鷲掴む。そのまま、軽々と蜘蛛妖怪の巨体を持ち上げて飛び立ち、周りにいる他の蜘蛛妖怪たちに激突させ、吹き飛ばしながら旋回した。すると、蜘蛛妖怪たちの軍勢は大きく後退してゆく。

だが、それでも次々と蜘蛛妖怪たちは湧いて出てくる。桃は掴んでいた蜘蛛妖怪の巨体を投げ飛ばして軍勢をバラバラに散らすと、目にも留まらぬ速さで急降下し、何匹もの蜘蛛妖怪へと三本の足を以て猛烈な蹴りの連撃を入れて、蹴散らしていった。

あの、いつもやる気も生気も無い桃がたった一人で、蜘蛛妖怪の軍勢を食い止めている。その姿を目にした朝緒は、ぶわりと奮い立ちながらも、背後にいる雨音へと目配せを送った。雨音もいよいよ戦が始まったことを察し、片手を上げて見せる。

雨音の合図を目にした弥朔は、海月家の家紋〝横半月に一つ引き〟の陣の中心に立ち、目を伏せた。朝緒は陣から少し離れた弥朔の直線状の前方で、同じく目を伏せる。

すうっと。大きく静かに息を吸って、弥朔は二回、深く頭を下げた。次に、頭を上げながら流れるような仕草で両手を掲げると、二回、柏手をする。

パン、パン。心地好く、乾いた音が鳴り響く。四隅に差した榊の枝が、その音に呼応するようにビリビリと震えた。

「我ら空蟬の子、大神の息吹より出でし衣を纏うことを此処にお示し白す」

弥朔が祝詞の始まりを唱える。弥朔の凛とした涼やかな声に応えるように、地面から濃い藍色の神気が螺旋の軌跡を描いて激しく巻き起こった。溢れ出た神気に染め上げられるかの如く、弥朔の姿が変容してゆく。

弥朔の鶯茶の三つ編みが解かれて、穏やかな川の水面にも似た髪が、美しく滑らかに神気に波打つ。その髪の頂には立烏帽子。衣装は白い直垂に緋袴となって、腰には太刀を、手には蝙蝠扇を持ち——完全に神気を纏った弥朔は、白拍子の姿へと変身した。

弥朔の瞳がゆるりと開かれると、神気を帯びた藍色の光が両の瞳から溢れ出る。

「御魂宿りし言の葉をば——奏上せよ」

蝙蝠扇で朝緒の背中を指しながら、弥朔は促すように声を張った。

弥朔の声を受けた朝緒は、腰に差す神凪刀を引き抜いて、滑らかに祝詞を唱える。

「ヒトリガミの大神よ。カミムスビの主よ。かけまくもかしこき、常世いざないし和魂命。諸諸の禍事、罪、穢、孕みし奇魂をば祓へ給い、清め給へと白す事を聞し召せと。畏み畏み白す」

祝詞と同時に、朝緒の神凪刀へと藍闇色の刀身が現れる。祝詞を唱え終わった朝緒は鮮やかな青の双眸を見開くと、神凪刀を振るって、既に蜘蛛妖怪の軍勢と桃が激突している最前線へと目掛けて駆け出した。


朝緒の神凪刀が、藍闇色の軌跡を描いて蜘蛛妖怪の身体を一閃する。

「如月流祓魔術——浄式〝蛾眉の涙〟」

蜘蛛妖怪の軍勢の中へと突入した朝緒は、立ちはだかる蜘蛛妖怪たちを神気で鎮静化させながら、丘を目指す。

弥朔の神気を纏った桃の迎撃によって、蜘蛛妖怪たちの軍勢は更に全体の動きが鈍くなり、態勢が崩れ始めた。その隙を見逃さず、朝緒は鎮静化した蜘蛛妖怪たちの間を進むが、たちどころに他の蜘蛛妖怪が次々と湧いてくる。

（まだまだ、丘は遠い……夜明け前までには、辿り着かねぇと！）

思うように前に進めず、朝緒は眉根を寄せて歯噛みした。

そこでふと、軍勢の近くで控えていた雨音が、何十枚もの呪符を取り出して広くばら撒いた。呪符はいずれも、小さな魚のような形をしている。

次いで、雨音が柏手を一つ鳴らすと、魚の呪符は宙でピタリと浮いて止まった。雨音は手に持つ錫杖を軽く掲げ、指揮者の如く錫杖をシャランと振って見せる。錫杖の指揮に従うように魚の呪符たちは列をなして宙を悠々と泳ぎ、蜘蛛妖怪たちの頭上に浮いた。

「迷える魚は水面に囚はれ。揺蕩う水面は月に囚はる」

雨音が錫杖をシャンと鳴らして、闇空をぽっかりと照らす満月へと向けて掲げる。すると、浮いた魚の呪符の全てから、黄金の巨大な泡沫の如き結界幕がどろりと顕現した。

「如月流　修祓術――封式〝満月逆鉢〟」

雨音が錫杖で、宙に鋭く横の一線を引く。

それと同時に、黄金の泡沫が逆さまの金魚鉢のような形となって、次々と蜘蛛妖怪たちへと落ちてゆき、堅牢に封印した。

「！　……助かる、雨音」

朝緒は雨音からの援助を受けて、軍勢の中を神凪刀を振るいながら更に突き進んでいく。

しかし、桃だけでなく雨音の援助が加わっても、蜘蛛妖怪たちは限りを知らないとばかりに湧いて出てきた。

如月屋三人の鎮静化と封印だけではやはり、蜘蛛妖怪の軍勢の中を切り抜けることは多勢に無勢に等しく。朝緒たちは想定以上に長い時間、苦戦を強いられることとなった。

おそらく、朝緒は未だ丘には辿り着いていない。しかし、もう随分と蜘蛛妖怪の軍勢と衝突してから、時間が経っていた。朝緒の本領が発揮される夜明け前も、既に近い。

弥朔は遠い最前線にいる雨音たちから濃い藍色の視線を外さぬまま、手に持つ式羽を通じて提言した。

「雨音先生、桃さん。僭越ながら、お願いが。あたしが神子舞を舞って、更に皆さんに降ろす神気を高めます。ですので、皆さんは周辺の蜘蛛妖怪さんたちの全てを集中的に、一時だけ動けないものにしていただけませんか？　そしたらきっと、朝緒は丘の上まで一気に辿り着いてくれます」

一つ間をおいて、式羽から雨音が応える。

『夜明け前が近づいてきている。確かに、そのような案を以て、朝緒を丘まで押し通すことも考えねばならん時間になってきた。だが、丘の周りに川堀の罠が仕掛けられている可能性もある。その場合、俺たちが軍勢だけに集中していると、朝緒に助力することは難しい』

雨音の正論に、弥朔は細く息を吸いながらも、落ち着いた声で語った。

「でも、朝緒なら何があろうと、必ず丘に辿り着くことが出来る——あたしは、そう信じてます。それにこちらには、おそらく強力な〝助っ人〟がおいでになったので」

弥朔の「助っ人」という言葉に、雨音が小さく息を呑む気配がした。加えて、噴き出すように雨音は苦笑を漏らす。

『助っ人……ああ、そうか。まったく、相変わらず人騒がせなヒトだ——あいわかった。弥朔の策通りにいこう。朝緒と、その助っ人とやらを信じてな』

雨音の決定に、桃が気だるそうな声を返した。

『はいはい。んじゃ雨音、俺の立ち回りに合わせろよ』

『わかった。それでは皆、武運を祈る』

「承知」

弥朔は短く雨音の声に頷いて、式羽を地に置いた。

屈めた身体を起こしながら、弥朔は背後にあるてっぺんすらも見えない断崖を見上げる。

「……どうか、よろしくお願いします」

断崖に一つ深々と頭を下げると、弥朔は正面へと向き直り、蝙蝠扇をパンッと開いた。

すると、弥朔が立つ〝横半月に一つ引き〟の陣の四隅に差された榊から、ぬらりと黒い影が現れる。影たちはそれぞれ楽器を手にしており、横笛を吹き鳴らし、鼓と琵琶の音が大気を震わせた。

「大神も、如月屋の音を聴きたがってる」

弥朔は蝙蝠扇を掲げてくるくるりと手首を捻って撫でるように動かすと、片足を静かに踏み出し、華奢な身体を前後に揺らす。

「さあ。一緒に行こうか——朝緒」

長い袖を大きく翻し、弥朔は榊の影たちが歌う伴奏に合わせて、舞い始めた。

朝緒は未だに、蜘蛛妖怪たちの軍勢の真っ只中にいた。

いくら神凪刀の神気で蜘蛛妖怪たちを鎮めても数が多過ぎるため、他の蜘蛛妖怪を相手しているうちに、彼らはしばらくすると再び起き上がってこちらに襲い掛かってくる。これでは、いつまで経ってもキリがない。

朝緒は神凪刀を振るいながら、眉間に刻まれた皺を更に深くして、薄く唇を噛んだ。

（クソ！　丘はもうすぐそこに見えてるってのに、蛇ノ目中毒者たちの数が多すぎる！）

荒くなった呼吸を繰り返し、朝緒は目の前まで迫ってきた蜘蛛妖怪に向かって、神凪刀を振り上げた——が、蜘蛛妖怪は突如、宙に浮いた。

「！　……桃！」

朝緒の頭上には、桃が金色の翼をはためかせて飛んでいた。桃は鳥の三本足で掴んだ蜘蛛妖怪を振り回して、朝緒の前にいた軍勢を大量に蹴散らしてゆく。

しかも、桃の翼が巻き起こす風には、濃い弥朔の神気が混じっており、その藍色の突風に吹かれただけで、蜘蛛妖怪たちは次々と鎮静化していった。すかさず、鎮静化した蜘蛛妖怪たちの頭上には魚型の呪符が泳いできて、雨音の「満月逆鉢」によって封印されてゆく。

一瞬も滞空することなく、燕の如き速さで飛び回る桃と、桃に続いて着実に蜘蛛妖怪たちの封印を施してゆく雨音。そして、膨大な神気を如月屋の面々へと付与し続ける弥朔。

そんな三人のおかげで、朝緒の眼前にあった軍勢には明らかに穴が空き始め、隙が見えた。

朝緒の視線はすぐにその隙を捉え、蜘蛛妖怪たちの間をするすると縫うように走り抜ける。

ついに、蜘蛛妖怪の大軍勢を朝緒は抜け切った。

「よし！　抜け……ああ⁉」

朝緒は思いがけず、驚愕の声を上げる。なんと開けた丘の麓には、軍勢の蜘蛛妖怪たちよりも更に巨大化した蜘蛛妖怪たちが、ずらりと壁となって立ちふさがっていたのだ。あの壁の如く並んだ、屈強な蜘蛛妖怪たちを朝緒一人で退けねば、到底丘へは登れない。

朝緒を目にした蜘蛛妖怪たちは、朝緒を囲い込もうとぞろぞろと蠢き出し、四方から糸の槍を鋭く飛ばしてくる。朝緒は糸の槍の大半は何とか避けきるが、そのうちの一本の槍が朝緒の左瞼の上を掠った。

「……くっ！　眼が！」

血が噴き出して片目の視界が閉ざされた朝緒。

このまま進むと、再び強靭な蜘蛛妖怪たちに囲まれ、厳しい戦いを強いられる。そうなれば、ほんの一時だけ背後の軍勢を食い止めてくれている雨音たちの行動が無駄になってしまう。祓いの御業が使える夜明け前まで、もう時間は残り少ないというのに。

「ここまで来て……！」

いよいよ蜘蛛妖怪たちに囲い込まれ、朝緒は駆ける足を止めようとする。

しかし、朝緒が走っている直線状の少し先に、ドッ！　と。大きな衝撃と共に何かが深く地面に突き刺さった。

それは、長い一本の矢であった。そのうえ、矢は地面に小さなクレーターを作ってしまうほどに、深く喰い込んでいる。

「あの矢は……！」

朝緒が目を瞠って、思わず声を漏らす。同時に蜘蛛妖怪たちは、自分たちの足元に刺さった矢をまるで恐れるように、後退り始めた。

離れた場所にいても、わかる。それほどまでに、あの矢には凄まじく強力な祓いの力が込められているのだ。矢からは、藤色の美しい祓いの光が未だ溢れ出ている。

ヒュウ、と。花火が打ちあがるような風を切る音と共に、また一本。藤色の祓いの力を纏った矢が頭上から飛んできて、走っている朝緒の直線状の先に、寸分たがわず突き刺さる。蜘蛛妖怪たちは矢の祓いの力を恐れて、更に大きく後退った。

矢が落ちてきた角度と音からして。この矢の射手は遥か遠くより、朝緒がこれから走り進むであろう場所に狙いを定め、とんでもない剛力を以て矢を放っている。

そんな人間業などとうに超越した射手は、朝緒が知る限り、たった一人しかいない。

『如月流祓魔術――射式〝蒴果の弾〟』

うなじで緩く括った、長い白髪を揺らし。人間が使いこなせるとは思えない、長大な弓を引いて、美しく矢を放つ養父――閃の姿が、朝緒の脳裏に過った。

「まさか……あの、神出鬼没ジジイ……！」

朝緒は無意識に振り返りそうになったが、どこからともなく、父の涼やかな声がぴしゃりと朝緒の背を叩いた気がした。

『止まることなど、許さぬ。最後まで、前だけを見て走り抜けよ——朝緒』

きっと、閃はそう言うだろう。

朝緒は不敵に笑って、駆ける足を更に速めた。

「上等だ……！　外すんじゃねぇぞ、ジジイ！」

変わらず遠くから放たれてくる矢は、朝緒に道を開けるように寸分たがわず直線状に突き刺さって、蜘蛛妖怪たちを退けてゆく。

朝緒は閃が矢で切り開いてゆく道を疾風の如く走り抜けて、丘の上を目指した。


丘の上にいる川堀は、目の前で繰り広げられている戦況を目にして、思いがけずといったように憤りの声を上げた。

「何だこれは……！」

丘を登ってこられないように配置していた、一回り大きく巨大化した蜘蛛妖怪たちの陣形が、いつの間にか総崩れしている。しかも、如月屋一行を皆殺しするように向かわせた軍勢までもが散り散りとなって、先刻より更に大量に封印されているのが遠くからでも見て取れた。

「何故だ！　どうして、祓い屋風情に俺が作った兵器の軍隊がめちゃくちゃにされている!?　あんな、異形殺しの名に泥を塗る無能な落ちこぼれ共に……！　クソ、クソォ！　この役立たず共がぁ！」

川堀はぎしりと歯を軋ませるほどに食いしばって、そばにいる絡新婦の少女へと拳を振り上げた。


しかし、川堀の拳は絡新婦の少女の顔に直撃する寸前で止まった。

「クソ野郎はてめぇだ、飛」

朝緒は川堀と少女の間に割って入り、川堀の拳を片手で受け止めていた。

いつの間にか丘にまで辿り着いていた朝緒に、川堀がひどく驚いたように目を見開く。

だが、その双眸はすぐに激しい怒りの色へと染まり上がった。朝緒の手を乱暴に振り払って、川堀が怒号を上げる。

「絡新婦！　お前はとっとと己の陣に戻って、他の蜘蛛妖怪共を使い、如月屋を一刻も早く皆殺しにしろ！」

「……」

川堀の指示に、絡新婦の少女は覚束ない足取りでその場を離れた。

「あ……待て、おい！」

彼女が一番の目的だった朝緒はその後を追おうとするが、真横から月明かりを反射した鈍い光がきらめいて見えて、咄嗟に身体を地面に這いつくばらせるように落とした。すると、頭上をブンッと刃が掠めたので、朝緒は横に転がって素早く起き上がり、振り返る。

川堀は腰に差していた刀を抜いて、朝緒へとその刃の切っ先を向けていた。

「お前たちの狙いはやっぱり絡新婦か。あの兵器は俺のもの。勝手に触ろうとしないでくれる？」

「……下衆が。てめぇは俺が、ここで叩きのめす」

生身の人間の体内に、濃い神気を直接触れさせてしまうと、下手をしたら命にかかわる。異形であれば鎮静化するだけで済むが、か弱い人間の身体ではそうはいかない。それを避けるため、朝緒は神凪刀を鞘に納めると、対人間を想定した護身用の刃無しの刀を引き抜いた。

刃無しの刀を構えて見せた朝緒に、川堀は顔を歪めて怒号を上げる。

「そんな玩具で、俺の相手になるとでも……？　この、能無しの祓い屋がぁ！　お前はこの手で殺してやる、如月朝緒！」

鋭い青の双眸に熱い闘志を迸らせ、朝緒は川堀の声を大きく上回る、雷鳴のような怒号を突き刺した。

「望むところだ！　来やがれ、ド屑野郎ォ！」

川堀の鈍色の祓いの光を纏った刀が振り上げられる。それを朝緒の刃無しの刀が真正面から受け止めた。

朝緒と川堀は金属音を弾けさせ、鍔迫り合う。そこで不意に、川堀が素早く片手を離して、間近に迫っていた朝緒の顔へと粉末を撒き散らした。朝緒はまるでその行動を読んでいたかのように、川堀の刀を力一杯弾き返すのと併せてその身を屈め、粉末が顔に直撃するのを避ける。

「やっぱりまだ持ってやがったな、蛇ノ目……！　二度も同じ手を喰らうかよ！」

「愚かな狐は、三度は喰らうと思ったんだけどなあ！」

川堀が飛び掛かって、刀を振り下ろしてくる。それを朝緒は、軽く刀を傾けて受け流しながら躱した。

「異形殺しどころか、人間にもなれない！　穢らわしい怪物の祓い屋風情が！」

川堀は息を吐かせる間すら作らせず、刀を力強く振るって朝緒に連撃を浴びせ続けるが、朝緒は斬撃を受け流すか躱すだけで、一向に攻撃を仕掛けない。

それに気分を良くしたのであろう川堀が、堪え切れないように笑いを零し、更に勢いを増した太刀筋で朝緒の刀を斜め下へと斬り伏せた。すると、朝緒の刃無しの刀は刀身の半分ほどが折れ、破片が回転しながら朝緒の背後へと弾け飛んでしまう。

続けざまに川堀は横薙ぎに刃を閃かせるが、朝緒は柔らかく上体をのけ反らせて避け、そのまま両手を地面につき、後方転回をして素早く身体を起こした。

折れた刀に眉をひそめた朝緒は、一度川堀と間合いを取るために、後方へと大きく跳びずさる。そんな朝緒に川堀は刀の切っ先を向けて、心底面白そうに嘲り笑った。

「ははは！　いつまでも逃げることしか能のない、口だけの弱者が！　さあ、さっさとこんな茶番は終わらせようか、君の首を刎ねて！」

「……ああ、まったくだ」

冷たい視線で川堀を見据え、折れた刀を真っ直ぐに向けてくる朝緒。そんな朝緒の生意気な返しに、川堀は目を吊り上げて、怒りのままに大きく刀を振り上げながら朝緒へと向かって駆け出した。同時に朝緒も、川堀のもとへと駆け出す。

気合いの声を上げて、川堀が朝緒に刀を振り下ろそうとしたその時。ほんの一瞬、瞬きをした隙に、朝緒の姿が煙の如く消えてしまった。川堀は思わず目を剝いて振り下ろそうとした刀を止める。

「刀が折れて、よかったよ――おかげでより近くに、潜り込める」

不意に、川堀の真下から低い声が聞こえた――地面を這うように姿勢を低くした朝緒が、素早く川堀の懐へと潜り込んでいたのだ。川堀が視線を下げる間もなく、川堀の刀は下から突き上げられてきた朝緒の刀の柄によって吹っ飛ぶ。唖然とした川堀の横っ面に、朝緒の渾身の拳が叩きこまれた。

「てめぇのガキみてぇなチャンバラごっこに付き合う気は微塵もねぇ。俺はてめぇを、ぶん殴りに来たんだ。阿呆」

殴り飛ばされた川堀は、受け身を取ることもできずに地面へと転がり倒れる。

「う、あああ……ち、血がぁ！　い、いたい、いたい！　歯が、なくなって……！」

川堀は血みどろになった顔を押さえ、痛みに耐えきれず地面の上で子どものようにジタバタと転げまわる。

朝緒は折れた刀を鞘に戻し、川堀の血がついた手をぶらぶらと振った後に固く拳を握って、震えながら上体を起こし始めた川堀のもとへ歩を進めた。

「大百足、辟邪虫、現世で死んだ虫妖怪たち、今暴れさせられている蜘蛛妖怪たち、国主の娘……何十人分殴っても。彼らがてめぇから受けた苦痛は、何万発殴っても、足りやしねぇ。それを思い知る覚悟は、あるんだろうな？　クソ野郎」

「っひ……」

額に青筋を浮かべて唸る朝緒に、殴られた顔を押さえた川堀は怯えたように小さく悲鳴を上げる。

怯えた表情を見せた川堀であったが、すぐにその顔は激しい怒りに満ち満ちてゆく。鼻血に塗れた顔もそのままに、川堀は歯を食いしばりながら立ち上がり、朝緒に背を向けて走り出した。

「！　……もう逃げ場はねぇぞ、飛！」

朝緒は怒鳴りつけて、川堀の背を追う。

川堀は近くにあった大岩の岩陰へと転がるように駆けてゆく。朝緒もその後を追って、大岩の後ろへと回るが、そこにあった光景に思いがけず目を瞠った。

「はあ、はあっ……！」

そこには、川堀と逢魔、二人の姿があった。

肩を揺らして荒い呼吸を繰り返す川堀は、深く眠りに落ちている逢魔の顎下に腕を回して背後から頭ごと持ち上げ、その白い首筋に携帯ナイフの刃先を突きつけている。眠る逢魔は、両腕だけを蜘蛛の糸によって軽く縛られていた。

朝緒は咄嗟に神凪刀の方を鞘から引き抜いて、その藍闇色の切っ先を川堀に向ける。

「逢魔……！　てめぇ、その馬鹿を放せ！」

「放すと思うか？　……立場をわきまえるんだな、如月朝緒。この男の首を掻っ切られたくなかったら、帯刀している刀を全て地面に捨てろ」

朝緒は唇を噛んで、神凪刀を握る手に力を込める。

（ここから、飛の肩に神凪刀を投げるか……？　いや、神気に耐性のねぇ人間は、下手すりゃそれでも死んじまう）

微動だにしなくなった朝緒に、川堀は唾を飛ばして怒鳴り散らした。

「さっさと刀を捨てろぉ！　如月朝緒！」

川堀が逢魔の首筋に、ナイフを僅かに喰い込ませた。逢魔の白磁のような肌から、赤い血が滴り落ちていく。朝緒はとうとう唇をぶちりと噛み切りながら、神凪刀を目の前に放り、腰に差していたもう一本の刀も地面に捨てた。

それを見た川堀は歪な笑みを浮かべて、ナイフを持った手を掲げる。すると、どこからともなく蜘蛛の糸が鋭く飛んできて、朝緒の両手と両足を的確に捕縛し、きつく巻き付いた。バランスを崩した朝緒は、そのまま地面に倒れる。

おそらく、隠れている絡新婦の糸だろう。朝緒は縛られた腕や足を力の限り動かしてみるが、蜘蛛の糸はやはり針金の如く硬く、ビクともしない。朝緒は歯を食いしばって、低く唸る。

「クソ……！」

「は、ははは っ！　ああ、いい眺め！　無能な祓い屋擬きにお似合いの姿だよ！」

声を上げてひとしきり笑った川堀は、虚ろな目を細めて更に歪んだ笑みを浮かべると、眠る逢魔に向かってナイフを振り上げた。

「ちょうどいい機会だ。もうそろそろ、假屋さんも用済みだし。夜が明ける前に、特別に君の前で殺してあげるよ。如月朝緒」

もはや正気ではない川堀の様子に、朝緒は咄嗟に制止の声を大きく上げた。

「は……おい、やめろ！　逢魔はてめぇと同じ、柊連の異形殺しだろうが！　なに仲間を殺そうとして」

「こんな怪物野郎が五天将？　仲間？　そんなわけないだろうが！」

川堀は朝緒の声を遮って、怒りに震える声で喚き散らす。

「こいつは、古くから異形殺しを輩出する名門家の血も引かず！　どこぞの馬の骨かも分からないぽっと出の奴が、たまたま五天将の席について穢しただけの怪物野郎だ！　そんなの、五天将とは……異形殺しの英雄とは呼ばない！　だから、それよりもっと相応しい、才能も持ち合わせた俺こそが、五天将にならなきゃいけないんだ！」

癇癪を起こした子どものような声で、川堀は朝緒をも睨みつけながら捲し立てる。

「そもそも、お前たち如月屋はなんだ……？　異形殺しのための祓いの御業を使って、異形との共存を目指すだって……？　ふざけるのも大概にしろよっ！　異形は全て異形殺しが滅ぼすべきものだ！　それを、祓い屋風情が異形殺しの崇高な使命を邪魔しようとしやがって！　不当な異形殺し擬き、假屋逢魔も、お前たち愚かな如月屋も全部！　五天将となる俺が全員ぶっ殺してやる！」

川堀はナイフを持った手で髪を掻き乱しながら、ブツブツと己に言い聞かせるように呟き始める。

「俺は役立たずなんかじゃない。五天将に、なるんだ……役立たずじゃない役立たずじゃない役立たずじゃない役立たずじゃない役立たずじゃない役立たずじゃない……」

「五天将」という役に拘り、子どもの如く「役立たずじゃない」と繰り返す川堀。そんな川堀が朝緒には、かつて如月屋での「役」が無いと固執し、思い悩んでいた頃の自分と重なって見えた。

（それでも。飛が今までしてきた所業は、許されるもんじゃない。俺は絶対に、飛を許すことはねぇ）

朝緒は、川堀が半ば錯乱状態に陥っている今の状況が、好機だと思った。

今のうちに何としてでも、この窮地を脱さなければならない。このままでは、まず逢魔が殺されてしまう。

何か手はないか——と、思考を巡らしているうち目に留まったのは、眠りに落ちた逢魔の顔だった。

『その、ランプ……もともと、これくらい眩しい明かりがあれば短い間だけど、暗闇の中でも起きていられる。あと、眠っていても……アオの騒音が聞こえると、耳鳴りがしてきてうるさい。最悪』

それと共に、逢魔の眠たげな声が脳裏に蘇る。

(ちくしょう。癇に障るが、こうなったら……!)

朝緒は下半身を捻って何とか上体を起こすと、勢いよく地面に向かって起こした上体を叩きつける。すると、ぼん、と白煙を立てて朝緒の懐から二挺拳銃が飛び出てきた。

それは、幽世に入った直後に雨音から預かって、呪符に収納していた逢魔愛用の二挺拳銃である。朝緒が上体を地面に叩きつけた衝撃で呪符から出てきた二挺拳銃は、膝をついている逢魔のすぐそばまで転がってゆく。

しきりにブツブツと呟いていた川堀は、銃が転がり出てきた音で我に返り、訝しげに眉根を寄せて朝緒を見下ろす。

そんな川堀にも構わず、朝緒は近くにあった神凪刀の柄に肩だけで触れると、己の中に眠る微かな祓いの力を顕現させることに集中する。併せて、眠っている逢魔に向かって喉が張り裂けんばかりの怒号を上げた。

「おい！　起きやがれ、逢魔！　てめぇ、そのままじゃ首を掻っ捌かれて、間抜けを晒したままくたばるぞ！」

地を這いつくばりながらも、必死に逢魔へと呼びかける朝緒。それを目にした川堀は、引き攣れた高笑いを上げて肩を震わせる。

「はっ、はは、あはははは！　こいつを起こしたいの？　何それ、異形の君と、異形殺し擬きの殺し屋で友情ごっこ？　絆とかのチカラで形勢逆転でもさせたいワケ？」

「ド屑野郎は黙ってろ！　誰が、最悪のド屑なてめぇと並ぶ、狂犬クソ野郎にそんなもん感じるかよ！　クソ野郎どもが！」

川堀の言葉に噛みつきながらも、朝緒は人並み外れた大音量の怒号を上げ続けることを止めはしなかった。

「そんな下衆野郎に殺されでもしたら、俺は間抜けなてめぇを死ぬまで笑い話にしてやる！　だがな、こんなところで簡単に死ねると思うなよ!?　てめぇ、如月屋の仕事の一つでもまともにこなした後に死にやがれ！　腐れド新人！」

朝緒は咳き込んで、声を嗄らしながらも叫び続ける。その様子を愉快そうに眺めながら、川堀は逢魔のそばに落ちている拳銃の一挺を拾い上げた。

「ぷっ、ははは！　ほんっと、最期まで無様で面白いねぇ、君たちは！　じゃあ、みっともなく足掻いてる如月朝緒。醜態を晒して更に俺を楽しませてくれた君を、特別に先に殺してやるよ」

川堀は拾い上げた拳銃を朝緒に向ける。その時、朝緒の肩が触れている神凪刀の切っ先が淡い白光を発していたが、川堀は気にした風もなく恍惚の笑みを浮かべて、拳銃の引き金に指を引っ掛けた。

「さっさとしやがれ、逢魔！　――逃げんじゃねぇぞ！　この、負け犬野郎！」

朝緒は限界を超えた大声で逢魔を罵倒し、その名を呼んだ。朝緒の肩にある神凪刀も、いっそう明るい白光を灯す。

バチン、と。何かが弾け飛ぶ音が響いた。朝緒と川堀の間で、蜘蛛の糸が宙を舞う。

すると、恐ろしく静かなのに——不思議とよく耳に通る。凛とした、無機質な声が朝緒の罵倒に応えた。

「わかってる。やけん、そう喚くな——アオ」

その声は、川堀のすぐ耳元から聞こえた。

どこか有無を言わせないような。畏れのあまり、平伏してしまいそうになる無機質な声に、まるで全身を縛られてしまったかの如く、川堀の身体はびしりと固まって、呼吸すらも封じられた。

川堀の前で両腕を縛られ、膝をついて眠っていたはずの逢魔の姿は、もう無い。ただ、いつの間にか、川堀の背後には長身の誰かが密着していた。無機質な声をした誰かは、後ろから川堀の首を抱きすくめるように、スーツを纏った長い左腕を巻き付けている。

そして、爪の先まで美しい造形の指を艶めかしく滑らせて、つっと川堀の顎を掴んだ。

「せからし」

バン。

覚醒した逢魔の右手にある、暗い夕焼け色の祓いの光を纏った拳銃の銃口が、川堀のこめかみへと軽くキスしたかと思えば――短く笑った。

撃たれた川堀は白目を剥いてずるりとその場に頽れる。

倒れてきた川堀を目の前に、朝緒は思いがけず大きく目を見開いて、弾かれたように逢魔を見上げた。

「てめぇ、逢魔！　殺しは」

「殺してなかよ。よく見て」

逢魔に遮られた朝緒は、地面を這って川堀に近づくと、逢魔の言う通り息をしていることがすぐにわかった。撃たれたこめかみにも銃創はなく、何やら灰のようなものがこびりついている。

「ぼくの弾は、異形の死骸の灰を素に作ってあるんだ。そして、対異形専用の特殊な比率配分で祓いの力が込められている。撃ち込めば、異形なら致命傷を与えられるけど。人間は死なないよ」

逢魔の解説を聞いた朝緒はがっくりと頭を垂れると、身体を起こして座り直し、深い吐息と共に声を漏らした。

「……それを早く言え。馬鹿野郎が」

ひとまず、囚われていた逢魔は無事救出し、首謀者の川堀もなんとか無力化することが出来たのだ。緊張で張り詰めていた朝緒の身体から、少しだけ力が抜ける。

「アオ、めんどくさい。あと、ぼくは逃げないし、負け犬じゃないから」

「うるせぇ、いつまで引き摺ってんだ。てめぇの方がめんどくせぇ」

「負け犬は、川堀に二回も縛られたアオ」

「ああ⁉ 二回目は誰のせいだと思ってやがる、この野郎！」

逢魔は噛みついてくる朝緒をあしらいながらも、足早に朝緒のもとへと近づいてくる。そして、朝緒の両手両足を縛る蜘蛛の糸に触れた。

「これ、ぼくを縛ってたのより硬い。解くのに手間がかかる」

「だろうな。絡新婦の糸は丈夫だから。クソほど時間がかかるだろうが、自力で解く。てめぇは先に」

「アオ、動くな。動いたら弾ぶち込む」

「おい！　相変わらず俺の話は耳に入らねぇのか！　……って、てめ⁉　何してやがる⁉」

ガリッ。

逢魔は突如、己の拳銃から一発の弾を取り出すと、それを口内に放っていとも容易く噛み砕いた。砕いた弾を口に含んだ逢魔は、次に懐から銀色のオイルライターを取り出して火を灯す。

そうしてなんと、その火を口元へと近づけ、朝緒の手足に向かって細く鋭い息を吹き出した。

「ぐわっ⁉　熱っ……くねぇ……？」

逢魔が吹いた息はオイルライターの小さな火を大炎と成し、朝緒の手足を丸ごと包む。だが、その炎は朝緒を縛る蜘蛛の糸を焼くだけで、朝緒は火傷するどころか熱ささえも感じなかった。

「火に、弾の祓いの力を混ぜた。だからアオは傷一つつかない。いちいち大袈裟」

一瞬ひやりとした朝緒だったが、手足が無事であることを確認し、ほっと息を漏らす。

どうやら逢魔の特殊な〝灰の弾〟とやらは、半異形にも効かないらしい。

朝緒は動揺を悟られまいと、すぐに咳ばらいをして逢魔に短く吠える。

「うるっせぇ！」

「せからしいのは、アオの方やろ」

「……つーか、前から思ってたんだが。その〝せからしい〟ってのはどういう意味なんだ？　方言か？」

朝緒の疑問に、逢魔は驚いたように目を見開いて、片手で口を押さえる。

「……でとった？」

「出とるわ。現在進行形で。主に、てめぇが寝ぼけてる時にな」

おそらく、暗闇から無理やり目覚めた時に、逢魔は方言が出るのだろう。今までも、そんな時に逢魔の口調は変化していた。

方言を聞かれたのが気に喰わないのか、逢魔はどこか不機嫌そうな顔をして小さく息を吐く。

「で、どういう意味なんだ？　せからしい」

「……朝緒の騒音は最悪、って意味」

「ああ⁉」

逢魔に再び噛みつこうとした朝緒だったが、ふと。背後から不穏な気配を感じて、反射的に神凪刀を手に取りながら立ち上がって振り返る。逢魔も気絶している川堀のそばに落ちている拳銃を拾って、二挺拳銃を手に朝緒と同じ方向に視線を向けた。

「……」

朝緒たちから少し離れた場所にて、赤い着物を纏ったあの絡新婦の少女が虚ろな目で立ち尽くしている姿があった。

「あれは……国主の娘だ。早く、あの子も保護しねぇと」

「待って」

少女のもとへ向かおうとする朝緒を、逢魔が片手で制する。逢魔が視線を向けた先には、既に意識を失って倒れた川堀の姿。なんと、川堀の両手は手印を結んでいた。

「ま、さか」

朝緒が川堀の手印を見て、小さく声を零したのと同時に、少女の華奢な身体から、膨大な量の煙霧が噴き出す。禍々しい邪気を孕んだ煙霧は、みるみるうちに蜘蛛の形を成して、絡新婦の少女はこれまで見てきたどの虫妖怪よりも巨大な蜘蛛へと変化した。その体表にはやはり、蛇の目模様が浮かんでいる。

巨大蜘蛛へと変化した絡新婦は、甲高い悲鳴のような声を轟かせると、大口から人間の二倍以上はある大きさの蜘蛛を無数に吐き出してきた。

「な……んだ、このデカさは！　妖気も馬鹿みてぇに強ぇし、あんなにも大量の蜘蛛妖怪を……！」

「川堀がぼくらも道連れにと、悪あがきで暗示の呪いを暴走させたんだろう。絡新婦も土蜘蛛に並んで、名の力が強い大妖怪だ。蛇ノ目のせいで、妖気も更に強力になってる。あの大量の蜘蛛たちは、絡新婦得意の幻術で創られた紛い物だ」

あまりにも強大に見える絡新婦に圧倒された朝緒へ、逢魔が冷静に己の分析を語る。

「それにしても、あの幻術の蜘蛛、数が多くて厄介。アオの面倒臭さといい勝負」

「はあ!?　んなわけあるか！」

「……ん」

ふと、逢魔が吐息を漏らして身体をふらつかせると、がくりとその場に片膝をついた。暗闇の中で、やはり未だ思うように動けないのだろう。顔色を悪くして、微かに呼吸が乱れている。それを横目で一瞥した朝緒は、神凪刀を強く握り直す。

(俺一人で、あの幻術も全て破り、絡新婦を鎮めねぇと……!)

険しい顔をした朝緒を見上げている逢魔は、細く息を吐いて、どこか不満そうな声でぼやいた。

「本当はぼくが、とどめを刺したいところだけど……暗闇で、今の身体能力はきみ以下だ。あとは、アオがやって。道は開けてあげる」

ゆっくりと再び立ち上がった逢魔の言葉に、朝緒は手に握っている神凪刀を眉間の皺を深くしながら見やる。

「……わかってる。だが、神気の鎮静化だけじゃ、またすぐに絡新婦が」

「うるさい。めんどくさい」

「は、ああ!?」

「空。見て」

何やらさっきからずっと、一心に空を見上げている逢魔に倣って、朝緒も視線を上げて空を見る。朝緒は徐々に大きく目を見開いて、息を呑んだ。

「もうすぐ、幽世の夜明け。誰かさんの、眠れる祓いの力が目覚める時間」

逢魔の言った通り。そこには、朝緒の瞳と同じ色をした、夜明け前の広大な幽世の空。ほのかに溢れた白い朝陽を帯びて、夜の深い藍闇が溶けつつある。幽世の世界の全てを抱いた、真昼の空よりも、大海よりも鮮やかな——青の世界。

「ほら。ここからの世界は、きみのもの——アオの時間だ」

絡新婦が吐き出した幻術の蜘蛛たちが、波のように押し寄せてくる。

逢魔は朝緒の前へ出ると、辺り一面を覆い尽くした蜘蛛たちに向かって、大量の灰の弾をばら撒く。即座に暗い橙色の祓いの光を纏った二挺拳銃を構え、無数の弾を撃ち込むのと共に、ばら撒いた全ての灰の弾にも見事銃弾を命中させた。

ばら撒かれた弾と、二挺拳銃から放たれた弾がぶつかって、まるで乱反射の如く橙色の火花を散らして弾け飛び、さらに多くの蜘蛛の幻術を消滅させる。

幽世の世界が完全に青一色へと包まれ、逢魔によって、朝緒の前には道が開かれた。

朝緒は反射的に駆け出すのと併せて、己の中で昂り始めていた祓いの力を、神凪刀へと集中させる。

神凪刀の藍闇の刀身に、朝緒の純白の祓いの光が溶け——ルール・ブルーと同じ、鮮烈な青へと刃が美しく染まり上がった。

朝緒は、絡新婦を守るように山となって積み重なった蜘蛛の壁を足場に駆け上がって、高く跳躍する。

そして、青い閃光をきらめかせた神凪刀を振り下ろし、絡新婦の額へ刃を突き立てた。

絡新婦の額から全身に渡って、紺碧の光が波紋となって広がってゆく。

「如月流祓魔術――原式〝暁月の藍〟」

刹那。たちまち巨大化した絡新婦から膨大な邪気が噴き出し、少女の姿へと戻ってゆく。

空中で朝緒が、少女の姿となった絡新婦を抱きかかえた瞬間を見届けて。

ギリギリまで苦痛にも近い眠気を堪えていた逢魔は、近くにあった大岩に背中を預け、ゆっくりと腰を下ろすと、そのまま意識を手放して目を閉じた。


「おい！　起きろ、逢魔！　寝てる暇はねぇぞ！」

逢魔は、朝緒のけたたましい怒号に揺さぶられて、再び意識を覚醒させる。

どうやら逢魔は大岩に背を預けて眠っていたらしく、薄っすらと目を開けると、すぐそこには如月屋の面々が揃っていた。

不意に、青い光を放つ神凪刀を逢魔に向け、紺碧の世界を背にしてこちらを不機嫌そうに見下ろす朝緒の姿が目に入る。

「見たことねぇんだろ？　確か……〝ルール・ブルー〟つったか？　これ。死ぬ前に見と

け、新人」

　悪態を吐きながら鼻を鳴らす朝緒に、そばにいた弥朔が呆れたように首を振った。

「ちょっと、朝緒。そういう縁起でもないこと言わない。……まったく、そんなに朝緒×逢魔がモデルの同人誌にされたいの？」

「は⁉　ふざけたこと言ってんじゃねぇ！　んな気色悪すぎるもん、絶対に錬成すんじゃねぇぞ、クラゲ！　吐き気がする……」

「まあ、確かにまだ早いかな？　それよりまず、逢魔さんの夢小説でも書くべきか。書いたら、声の良い朝緒に音読してもらいたいなあ。是非」

「な、何なんだ、お前は……無敵か……？」

　真剣に首を捻る弥朔から、朝緒は顔を引き攣らせて一歩後退る。

　そこへ雨音が入ってきて、朝緒と弥朔にてきぱきと指示を出した。

「さて。それでは、先ほど駆けつけて下さった緒土殿にも軽く報告は終えたゆえ。朝緒の祓いの力が使えるうちに、できるだけ他の蛇ノ目中毒者たちの邪気祓いも進めていこう。おそらく、これから何日もかかるだろうがな」

「げ。まじかよ。めんどくせぇな」

「怠けるんじゃねぇぞ、桃」

　逢魔のすぐ横で腕を組んで立っていた桃が嫌そうな声を上げるが、朝緒が半眼で睨んできたのに両手を上げて見せながら「わかりましたよ。シェフ」とふざけた。

逢魔はふと、視界の端に入った拘束された川堀を見て、そばにいた桃に小さく声を掛ける。

「川堀は落神が柊連に連行して、手柄にしな。そして嫌でも柊連で偉くなって、もっとぼくが自由に動けるようにしておいてよ」

桃も小さく声を潜めて、逢魔に返す。

「……そりゃおまえ。自分でやるもんじゃねぇのか」

「偉くなったら、その分縛られる。縛られるのは嫌いだ」

「俺は縛られてもいいのかよ」

「落神は少しくらい、何かに縛られていた方がいい。地に足がついていないからね」

「……なかなか言うな。おまえ」

桃は苦笑して、肩を竦める。

逢魔は川堀から視線を外して、前を向いた。

生まれて初めて見ることができた「ルール・ブルー」と、くだらない話をする如月屋面々の背中を改めて、しみじみと見回す。そして逢魔は珍しく、小さく噴き出して笑った。

それを一瞥した桃が、笑いを含んだ声で逢魔に尋ねる。

「どうだ？　ここ、来てよかったろ。おまえ、寂しんぼだからな」

「……わからない。でも」

桃の問いに、逢魔は少しだけ沈黙を置いて答えた。

「生まれて初めてだったんだ——心の底から腹が立つほど、あんなにも真っ直ぐ。啖呵を切られたのは」

如月屋が集う丘の脇に聳え立つ岩山の頂上から、密かに彼らを見下ろす男が一人——それは、如月屋顧問でもある、如月閃。

（異形との共存……これを目指すには、〝異形〟という存在についてを知り尽くした者が必要だった。そして、假屋逢魔ほど、異形の本質を的確に捉えている者はそうおらぬだろう）

閃は幽世の「ルール・ブルー」に抱かれる如月屋面々をじっと見つめていた。

（異形を恐れぬ朝緒には、恐怖の象徴である逢魔が。他者に恐れられ否定すらされない孤独な逢魔には、真っ向から気に入らぬ者に喧嘩を売ることができる朝緒が。きっと、相容れることなどできない二人だが……相容れぬ存在同士だからこそ、あの子らは、この世の歪な理を見つけることができよう。いつの日か、きっと）

閃は内心でそう確信すると、頬を撫でる柔らかな風に目を伏せて、語り掛けるように独り言ちた。

「現世と幽世――二つで一つの世界の〝逢魔が時〟は、近い。だが、あの子たちだけでは、始まりの息吹はまだ起こせぬだろう……そのために、私が探し求めねばならない。君も、そう思っているか？」

閃の独り言の問いに、返事はない。しかし閃は、満足そうに目を開いて、小さく頷いた。

「……次は、何処を流れようか」

その言葉が風に流れた時にはもう既に、閃の姿は煙の如く消え去っていた。

エピローグ

　あれから、保護した蛇ノ目中毒者たちの邪気は、何日もかけて朝緒が祓うことによって、中毒者たちの全てが後遺症もなく回復した。行方不明となっていた八束脛国の民を救った如月屋一行は、国主赭土に大いに感謝される。そうして、如月屋と八束脛国は、内々に強固な盟を結ぶこととなった。

　そんな、川堀が引き起こした事件から、もう幾日も経ち。

　如月屋は現世にて、また異形市の摘発をするために、廃墟ビル群を訪れていた。

　異形市の仲買人たちの不意を突くことを狙って、如月屋は異形市の競りが終わる頃合いでもある夜明けの時間帯に、廃墟ビルの屋上へ桃の式神ガー子の手伝いもあって潜入することができていた。

　朝緒はもう随分と慣れて、ついさっき激しい剣幕で叩き起こしてやった逢魔を振り返る。

（……逢魔の行動は変わらねぇ。だが、俺たちはたぶん、変わった）

　結局、逢魔は異形を殺そうとする行動を改めることはなかった。しかし、その代わりに朝緒が必ず逢魔の殺戮行動を幾度となく邪魔し、阻止するようになる。

川堀の事件を境に、ようやく二人は同じ如月屋従業員として。何より互いを「人」と「人」として認め、交わることが出来るようになったのだ——頑固な殺し屋と、それに噛みつく祓い屋、という関係性に変わりはないが。

また、八束脛国で「ルール・ブルー」を一目見られた逢魔であったが、やはり完全に暗闇を克服できたわけではなかったため、あの時以降「ルール・ブルー」は目にしていないらしい。

酷く眠たそうにしながらも、淡い陽の光が満ちた薄明の空を一心に見上げている蒼ざめた逢魔の横顔は、どこか口惜しそうにも見えた。

(川堀の事件、といえば。あいつ、あの時……)

ふと、朝緒は川堀の事件から何となく胸につっかえていたとある疑問を無性に晴らしたくなり、早足で屋上の手すりのそばにいる逢魔へと近づいた。

「おい」

「……アオ、なに」

逢魔は流し目で朝緒を一瞥する。朝緒は、微かに震えた手を強く握りしめ、意を決したように低く尋ねた。

「この前の……川堀の件で。あいつ、俺のことを異形だって言ってただろ。疑わしきも罰する、みたいなてめぇが、俺を殺そうとしてこねぇのが意外だと思ってな」

「ああ。あれ」

逢魔は朝緒から視線を外して再び明るい空を見上げながら淡々と答えた。

「川堀を撃った後。縛ってた蜘蛛の糸を燃やすのに使った灰の弾で、アオは一切傷つかなかった。ぼくの灰の弾は、異形の妖気を持つ者を逃さないが、人間には絶対に害を為さない。だからアオは正真正銘、人間だ」

逢魔は確信めいた声で語った。

朝緒は、自分の正体が半異形である事実がバレていなかったことにほっとするのと同時に、何か得体の知れない感情がちくりと胸を刺すのを感じる。やはり自分は、隠し事をするのが心底苦手なのだと、朝緒は痛く思い知った。

空を見上げていた逢魔は、何やら思い出したように朝緒を首だけで振り返った。

「そういえば。アオはまだ、ぼくが怖いのに——これからも監視役を続けるの？」

逢魔は真っ直ぐに、朝緒の胸の内の奥底までを見透かし、灰色の目を細めながら尋ねる。

「恐怖からは逃れられない。それでもいいのか？　アオ」

朝緒は逢魔の問いに、間髪を容れず答える。

「バーカ。うるせぇよ。俺は恐怖だろうが狂犬だろうが、厄介なモンも全部喰らって生きていってやる。それに」

朝緒は挑むような鋭い視線で、逢魔を睨み返した。

「如月屋にいる間は、てめぇには誰一人として殺させねぇ。てめぇが何万回と誰かを殺そうとしようがとことん邪魔して、てめぇの理想も〝ルール〟とやらも否定してやる——それが、俺の生きる時間。そう決めたんだ、俺は」

逢魔は微かに瞠目して、口を開こうとした。しかし、朝緒の背後から聞こえてきた桃と弥朔の声に、遮られる。

「な？　やっぱあいつら、いいコンビだって。次はアレをネタに薄い本描いてみろ、クラゲ」

「ほーう、なるほど。そばにいるのも耐え難いギスギス関係からくるエモさ。やっぱりイイですね、朝緒×逢魔のカップリング。新たな性癖を開拓できそうで、わくわくします！

……カップリング名は何にしよう。アオ×ウマ？」

「青い馬みたいだな」

「では、アオ×カリ？」

「……なんか、青酸カリを連想させるな」

「うーん。難しい」

「あと、朝緒が左なのは、逢魔の場合でも変わらねぇのか」

「あたし個人の解釈では、如月屋の攻めポジ第二位ですから、朝緒は。ちなみに一位はあたしです」

「流石クラゲ。無敵」

そんな二人のおぞましい会話を背中越しに聞いていた朝緒は、額に青筋を浮かべて怒鳴り散らしながら振り返ると、桃と弥朔のもとへ向かう。

「おい……そこ！　最悪に気色悪ぃ話をしてんじゃねぇ！　ぶん殴られてぇか!?」

「こら、朝緒。潜入捜査の仕事中に、その鼓膜を破る勢いの大声はやめろ」

雨音と弥朔、朝緒が集まって、騒がしく言い合っている。

そのそばにいた桃が、ふと、逢魔に目を向けて。妖しく笑みを浮かべながら口に煙草を咥えた。

「假屋。火、持ってこい」

淡く白い光を湛える朝日を背にした逢魔は、呆れたように息を吐き出す。

そして、自分も煙草を咥えながら、如月屋の面々が揃う輪の中へと向かって歩き出した。

対異形専門相談所「如月屋」。

異形に関する禍事を打ち払う「祓い屋」とも呼ばれる彼らは、夜明け前。

藍闇と白光が溶け合う、「青の時間」に現れると云う。

あとがき

はじめまして。根占桐守と申します。

この度は『ルール・ブルー　異形の祓い屋と魔を喰う殺し屋』をお手に取ってくださり、誠にありがとうございます。

この作品は小説投稿サイト「カクヨム」で開催された「最強に尊い！「推しメン」原案小説コンテスト」の、チーム部門で大賞をいただいた作品を原案に、作り上げた物語となっております。

未だに、コンテストで大賞をいただけたことは夢のように思っています。選考の中で、本書の原案作品を選んでくださった編集部の皆さまには、感謝の念に堪えません。

賞をいただいた時には、本書の原案となった小説は二万字ほどの短編作品でした。それを膨らませ、十万字以上を書ききってみて。更に、私はこの物語とキャラクターたちが大好きになりました。

もっと、如月屋の面々の「青い時間」や「青春」のようなものを、描き出してみたいと。そう強く思わずにはいられないほど、彼らは私の生きる希望となったのです。

本書のタイトルになっている「ルール・ブルー」とは、フランス語の言葉です。英語では「ブルーアワー」、つまり「青の時間」とも呼ばれています。言語によっては、様々な意味にも取れるこの言葉が私は大好きになって、如月屋の物語のタイトルにしました。

皆さまは、本作の中で「推しメン」（女の子のキャラクターも大歓迎です！）を見つけることはできましたでしょうか……？　皆さまに「推し」てもらえるような魅力を、私がキャラクターたちから引き出し、お伝えできていましたら嬉しい限りです。

そして、本作の書籍化にあたりまして。これ以上なく、素敵で最高なイラストを描いてくださった、秋月壱葉先生。未熟な私にいつも温かいお言葉を掛けてくださり、一緒に作品作りに奔走していただいた担当編集さま。さまざまなご企画を立ててくださった、編集部の皆さま。本書の出版に携わってくださった、全ての皆さま。本当にありがとうございました。

最後に改めまして、この物語を見つけてくださった皆さまへ。心より深く、感謝申し上げます。またいつか、皆さまに楽しんでいただけるような物語をお届けできるよう、精進して参ります。

根占桐守

本書は、二〇二二年にカクヨムで実施された「最強に尊い！「推しメン」原案小説コンテスト」チーム部門大賞を受賞した「ルール・ブルー」を改題・加筆修正したものです。

「ルール・ブルー　異形の祓い屋と魔を喰う殺し屋」の感想をお寄せください。
おたよりのあて先
〒102-8177　東京都千代田区富士見2-13-3
株式会社KADOKAWA　角川ビーンズ文庫編集部気付
「根占桐守」先生・「秋月壱葉」先生
また、編集部へのご意見ご希望は、同じ住所で「ビーンズ文庫編集部」
までお寄せください。

ルール・ブルー　異形の祓い屋と魔を喰う殺し屋

根占桐守

角川ビーンズ文庫　24019

令和6年2月1日　初版発行

発行者――――山下直久
発　行――――株式会社KADOKAWA
〒102-8177　東京都千代田区富士見2-13-3
電話 0570-002-301（ナビダイヤル）
印刷所――――株式会社暁印刷
製本所――――本間製本株式会社
装幀者――――micro fish

ISBN978-4-04-114420-6 C0193 定価はカバーに表示してあります。